極上ペンション人妻つき

橘真児

双葉文庫

目次

極上ペンション人妻つき

プロローグ

風呂上がりのスキンケアを終え、菜々穂はベッドに入った。

三十二歳の熟れたからだにまとうのは、下着と乳頭を透かす薄手のナイティ。ただ、パンティはヘソの下まであり、面積が大きめだ。セクシーさには欠けるが、致し方ない事情がある。

夫の賢治が、読んでいた本をサイドテーブルに置く。彼がリモコンで天井の明かりを消すと、ナイトスタンドの優しい光が、ベッド周りを遠慮がちに照らした。

菜々穂が甘えるように身を寄せると、賢治が悩ましげに小鼻をふくらませる。妻が漂わせる蠱惑的な香りを嗅いだのだ。早くもその気になったかのように、肩に腕を回した。

夫婦の夜の時間。とは言え、ウイークデーであり、夫は明日も朝が早い。ゆっくりできないとわかっているから、菜々穂はすぐに話を切り出した。

「あのね、今日、寺脇さんから電話があったの」

「寺脇？」

賢治が怪訝な面持ちを浮かべる。誰なのか、すぐに思い出せなかったようだ。

「ほら、ペンションを経営していたご夫婦よ」

具体的な地名を出さずとも、夫は「ああ」と理解した。ふたりの記憶に共通するペンションと言えば、初めて出会ったあそこしかない。

現在は夫婦で東京住まいだが、菜々穂の故郷は信州だ。三年前に結婚して上京するまで、ずっとそちらで暮らしていた。

学生時代、彼女は高原のペンションでアルバイトをした。風光明媚な場所で、夏でも涼しい。冬は近くにスキー場があるため、お客は一年を通じて訪れる。

そこは経営者夫婦の人柄がよく、働き手としても居心地がよかった。そのため、菜々穂は春夏冬の長期休業のときには、毎回そこで働いた。

大学卒業後、家政学部で学んだことを生かし、菜々穂は家事コンサルティングの仕事を始めた。家事を代行するばかりでなく、アドバイザーとして助言もする。時には公共の施設を借りて料理教室も開催した。

自営業ゆえ自由が利いたから、繁忙期にはペンションのアルバイトも続けた。

身も心もリフレッシュできる絶好の場所ゆえ、彼女にとってもいい気分転換になったのだ。

賢治との出会いもペンションだった。お客として訪れた五つ年上の彼に、菜々穂は惹かれるものを感じた。もともと結婚願望が強く、彼のように穏やかな人柄のパートナーを求めていたのである。

向こうも波長が合うと感じたらしい。滞在中に積極的なアプローチをされ、別れ際には求められるまま連絡先を交換した。

そのときは会社の慰安旅行だったのだが、のちに賢治はひとりでやって来るようになった。予め連絡を取って、菜々穂が働いているときに。

かくして、ふたりは恋仲になった。

大学時代にも、菜々穂は付き合った男がいた。けれど、それは若さゆえの、ママゴトみたいな恋愛であった。

しかし、賢治とは違った。

東京と信州ゆえ、なかなか会えない。そのぶん、相手を求める気持ちが強くなったようだ。

胸が熱く焦がれる思いを、菜々穂は初めて味わった。ときには時間を作って、彼女が東京に出向くこともあった。

かくして、二年の遠距離恋愛を経てゴールイン。菜々穂は初めて地元を離れ、彼のもとへ嫁いだのである。

上京してからは主婦をしながら、時おり料理教室を開き、家事の代行もした。また、地元に帰省がてら、短い期間ながらペンションを手伝うこともあった。それは文字通りにお手伝いで、雇い雇われの間柄ではない。身内とほとんど変わらぬ交流が続いていたのだ。

そのペンションの経営者が、寺脇夫妻である。

「で、寺脇さんがどうしたって?」

「それがね、もう高齢でペンションを続けるのが難しくなったから、わたしにあとを任せたいって言うの」

そんな話は、実は前々から出ていた。経営者夫婦は菜々穂を全面的に信頼していたし、我々はもう年だから、いずれペンションは譲ると、早い時期から冗談めかすように言われていた。

結婚した菜々穂が地元を離れ、ペンションを訪れる機会が少なくなると、話はかえって具体的になった。他に任せられる身内はおらず、また、毎年のように訪れる常連客もいて、ペンションを残したいという思いもあったようだ。もしも独身だったら、菜々穂はふたつ返事で了承したであろう。だが、夫のいる身では、そう簡単にはいかない。東京と信州で、離れ離れにならねばならないのだ。

結婚して三年が経ち、菜々穂も三十代になった。新婚当初のときめきは、さすがに薄らいでいる。

それでも、別居を歓迎できるほど関係が冷めているわけではない。夫を愛しているし、菜々穂は我慢できても彼が反対するだろう。

ただ、自分のペンションを持てたらどんなにいいだろうという気持ちもあったから、思い切って賢治に話したのである。

「なるほど。いいんじゃないか」

あっさりと受け入れる態度を示され、面喰らう。

「え、いいんじゃないかって？」

「だから、菜々穂がペンションをやることさ。あそこはいいところだったし、常連も多かったみたいじゃないか。なくなるなんて勿体ないし、あのペンションを気に入っているひとたちのためにも、誰かが引き継ぐべきだと思うね」

賛成されて、菜々穂は嬉しさ半分、戸惑い半分の心境であった。

「だけど、いいの？」

「え、何が？」

「わたしがペンションを継ぐことになったら、わたしたち、離れて暮らすことになるのよ」

「まあ、しばらくはそうなるかな」

「しばらく？」

「結婚前に話したよね。ずっと会社勤めをするんじゃなくて、いつか独立したいって」

そのやりとりなら、ぼんやりとだが記憶がある。話半分で聞いていたのは、男はいくつになっても夢を追う生き物であり、勤め人ならかなりの確率で脱サラを願うものだと聞いていたからだ。よって、本気で受け止めていなかったのである。

「じゃあ、会社を辞めるの？」

「すぐにじゃないけど、いつかはって考えてるよ。それに、今の仕事は在宅でも可能だし、会社のほうも社員と個別に契約する方向で、内規の変更を図っているようなんだ」

賢治はウェブサイトの企画やデザインの仕事をしている。出勤時間は不規則だし、在宅で済ませたことも何度かあった。

いちおう対面での打ち合わせを希望する顧客もいるとのこと。そちらもネット会議に移行しつつあって、完全在宅や、複数の社と契約しての仕事も可能なのは間違いなさそうだ。

「どうせ住むのなら自然が豊かで、環境のいいところがベストだし、あのペンションはまさに理想的だよ。それに、おれもペンションの仕事をやってみたかったんだ。気持ちもリフレッシュして、今の仕事だってはかどると思うよ」

「じゃあ、引き受けてもいいの？」

「もちろん。しばらく離れるのは寂しいけど、まあ、そのぐらいは我慢しなくちゃね」

理解のある夫に、胸が温かいもので満たされる。このひとと結婚して良かったと、菜々穂は心から思った。

「ありがとう」

感謝と情愛を態度で示すべく、夫の胸に頬ずりする。顔を上向きにすると、優しい眼差しが接近してきた。

ふたりは唇を重ねた。歯磨き後の清涼な吐息を行き交わせ、舌を戯れさせる。

「ンふ」

悩ましげに小鼻をふくらませた賢治が、妻のからだを慈しむように撫でる。求められているのを察して、菜々穂は唇をはずした。

「あのね、お風呂からあがったあと、急に始まっちゃったの、生理」

だから色気のない、サニタリーショーツを穿いていたのだ。

「……そっか」

残念そうに口許を歪めた彼に、色っぽく目を細める。

「だから、お口でいい？」

返事を待たずに、菜々穂は掛け布団をずらした。夫のパジャマズボンに両手をかける。

中のブリーフごと慌ただしく引き下ろしたのは、彼女も今夜は交わるつもりでいたからである。それが叶わないのなら、せめて男らしさを直に味わいたい。

「おい」

賢治が照れくさそうに眉をひそめる。自分だけ陰部を晒されるのが、居たたまれないのだろう。

そのくせ、あらわになった牡器官は、平常時の五割増しぐらいでふくらんでいた。ちゃんとその気になっているのだ。

ボディソープの匂いをたち昇らせるそれを、指で摘まんで上向きにする。

「むぅ」

切なげな呻き声に続いて、裸の腰がピクンとわなないた。軽く触れただけなのに感じている。秘茎も伸びあがるように膨張した。

(うれしい……)

ダイレクトな反応が喜ばしくて、さらなる快さを与えたくなる。

筒肉に指を回し、輪っかをキュッキュッと締めながら上下させる。すると、彼の両脚が落ち着かなく曲げ伸ばしされた。

「う……あ――」

切なげな声がこぼれる。じっとしていられないほどの悦びにひたっているとわかった。

完全にエレクトした秘茎は、脈打ちが著しい。もっと気持ちよくしてとせがんでいるかのよう。

無言のリクエストに応じて、菜々穂は手にしたモノの真上に顔を伏せた。温かな固まりを、口内に迎え入れる。

「おお」

よりはっきりした歓喜の喘ぎが耳に入る。口の中で、牡の猛りがビクンとしゃくりあげた。

入浴後だから、そこは綺麗なはずである。なのに、かすかな風味があった。肌の塩気に、ナマぐささのエッセンスをまぶしたようなものが。

これはいつものことで、洗い方が不充分だったわけではない。ペニスそれ自体の味とでも言うべきものだ。早くも鈴口に滲んでいた、先走りの成分も含まれていただろう。

(美味しい……)

胸の内でつぶやき、張り詰めた粘膜に舌を這わせる。チュパッと舌鼓を打ち、まといつけた唾液をすすった。

「な、菜々穂」

震える声での呼びかけに、舌を躍らせることで応える。くびれの段差を刺激されると快いと知っているので、そこをねちっこくねぶった。

最大限の力を漲らせた、愛しい夫の性器。情愛を込めてしゃぶりながら、牡の急所もすりすりと撫でる。そうすると、くすぐったそうに呻きながらも、分身をビクンビクンと脈打たせるのだ。

(たまんない……)

背後に突き出した尻を、いやらしくくねらせてしまう。

秘部が熱い。経血とは異なる粘つきが、ナプキンに染み込むのを感じる。

菜々穂も愛撫されたかった。しかし、さすがに生理中では無理である。ここは奉仕に徹するしかない。

唇をすぼめて頭を上下させる。硬い肉胴を口でしごきながら、絡みつかせた舌もヌルヌルと動かした。

「出そうだ」

時間をかけることなく、賢治が頂上へと向かう。息づかいが荒い。

「あ、あっ、ううう」

ドプッと、亀頭が爆ぜる感触があった。もちろん、本当にそうなったわけではない。ふくらみきった先端から、熱いトロミが幾度も打ち出されたのだ。

(あん、いっぱい)

次々と噴き出すものを舌でいなし、口内に溜め込む。悩ましい青くささが、喉から鼻へと抜けるようだ。

間もなく脈打ちがおさまる。あんなに漲りきっていたモノが、空気が洩れたみたいに力を失った。

(いつもより多いみたい)

ほとばしりを口で受け止めるのは初めてではない。多量の射精は、快感が大きかった証だ。

ザーメンをこぼさぬよう、菜々穂は口許をしっかりと締め、顔をそろそろと上げた。唇から亀頭がはずれるとき、過敏になった粘膜を刺激され、賢治がまた「あうう」と呻く。

いつもならティッシュに吐き出すのである。なのに、菜々穂は無性に飲みたいと思った。

理解のある夫に感謝の気持ちがあったのは事実ながら、お礼のつもりでそんなことをしたくなったのではない。彼女の内から溢れ出た熱望であった。

顔を上げ、喉を上下させる。嚥下(えんげ)した牡汁が抵抗するみたいに、喉に引っかかる感じがあった。それでも、どうにか噎(む)せずに済んだ。

ていた。

「え、飲んだのか？」

賢治が驚きと戸惑いを浮かべる。

正直、美味しくないし、後味も悪い。なのに、不思議と充実した気分を味わっていた。

「うん。大好きなあなたのものだもの」

思いを真っ直ぐに伝えると、彼が照れくさそうに目を細めた。

「おれも大好きだよ」

優しく抱きしめ、キスしてくれる。精液を受け止めたあとなので、舌を絡ませるのはためらったものの、賢治のほうから求めてきた。

（……イヤじゃないのかしら）

そんな気遣いも、熱烈なくちづけを交わすあいだに消えてしまった。

濡れたペニスをティッシュで拭ってあげる。後始末のつもりだったのに、その部分がまたもムクムクとふくらんできた。

「え、まだ出したいの？」

びっくりして訊ねると、賢治が首を横に振る。

「いや、さすがにもういいよ」

「それじゃ、わたしがさわっててあげるから、あなたは休んで」

「うん」

妻の柔らかな手で快さにひたりながら、いつしか彼が眠りに落ちる。菜々穂は寝息で上下する胸に頰を寄せ、半勃(はんだ)ちの牡器官を飽きるまで弄(もてあそ)ぶのであった。

第一章　避暑地の人妻

1

はしゃぐ声が、高原の上り坂にこだまする。夏の陽射しが降り注ぐ未舗装の山道に、四人の若者の姿があった。

「まったく、みんなだらしないなあ」

振り返って同行者にはっぱを掛けるのは、菅谷和々葉。メンバーで唯一の女子だが、言葉遣いは男子とほぼ一緒だ。服装もポロシャツにジーンズとラフである。

言葉は荒くても、彼女は怒っているわけではない。女の子っぽく高い声は、楽しげにはずんでいる。二十歳にしてはあどけなく見えるのは、大きな目が笑うとびっくりするぐらい細くなるせいもあるのだろう。

「だらしないって、おれたちに荷物を持たせておいて、よくそんなことが言えるよな」

不満をあらわに言い返すのは、後藤忠士だ。その隣で、斎藤博嗣も同意してうなずく。ふたりは自分の荷物の他に、和々葉のぶんまで任されていた。

「優しい男なら、女の子の荷物を持つのは当然だよね」

悪びれない和々葉に、

「こんなときだけ女の子かよ」

後藤があきれる。坂のせいもあって息づかいが荒く、シャツの背中には汗のシミが広がっていた。

「そうだよ。いつもジェンダーがどうとか言ってるくせに」

斎藤も反論する。このあいだも彼女は、そのテーマでレポートを書いたばかりであった。

「理論と実践は別物だもん」

指導教官がこの場にいたら、眉をひそめそうなことを平然と口にする和々葉。

そこまで言われて、斎藤も後藤も諦めたようだ。

彼らは大学の同期生で、同じゼミに所属している。夏休みということで、信州にある避暑地の高原へ遊びに来たのだ。

自然が豊かで景色も良く、空気も綺麗。目的は親睦だから、宿泊先のペンションで勉学に励む予定はない。あれこれ言い合いながらも、どこか浮かれ調子なのはそのためだ。

ところが、同じくゼミのメンバーで、彼らの後方を歩く谷川祐作（たにがわゆうさく）は、ただひとり浮かない顔つきであった。

（……来ないほうがよかったかな）

胸の内でつぶやく。前方を歩く三人の、楽しそうなやりとりに羨望の眼差しを向けながら。

祐作は、もともと社交的なほうではなかった。

現在に至るまで、友人と呼べる人間はごく限られている。大勢でわいわい過ごすよりも、ひとりで本を読むのを好んだ。

一浪して今の大学に入ってからも、同期生や同じ学部学科の学生たちとは、そこそこの付き合いがある程度。腹を割って話せる友人はいない。とにかく穏便に過ごして、就職への足がかりが摑めればいいと考えていた。

まあ、それにしたところで、具体的にこんな仕事をしたいとか、この会社に入りたいなんて目標はなかったけれど。

そんな祐作でも、所属のゼミは是非ここにと決めていた。学びたいことがあったわけではない。和々葉が入るとわかったからである。

入学した当初から、彼女は目立っていた。アイドルでも通用しそうな愛らしい容貌（ようぼう）もさることながら、とにかく明るかったのである。

物怖（ものお）じすることなく誰にでも声をかけ、会ったその日から友達になる。それこそ祐作とは真逆の、社交的な女の子だった。

同じ学科だから、講義で一緒になることも多い。祐作はいつしか、和々葉を目で追うようになった。

愛らしさに惹かれたのは間違いない。しかし、陰キャの自分と陽キャの彼女では住む世界が違う。相容れぬ立ち位置なのだと重々理解していた。

ところが、和々葉にはそんな意識はなかったらしい。あるとき、祐作が講義前に文庫本を開いていたら、

『何を読んでるの？』

あろうことか、彼女のほうから話しかけてきたのだ。

異性と親しく話した経験など、皆無に等しい祐作である。咄嗟（とっさ）に言葉が出てこなくて、無言のまま表紙を向けた。

それを見て、和々葉が何やら感想を述べたはずだが、すっかり舞いあがっていたから憶えていない。けれど、たびたび本を読んでいたのを知っていて、『読書家なんだね』と感心された。

以来、彼女が自然と視界に入るようになったのである。

とは言え、祐作から和々葉に話しかけることはなかった。一度声をかけられたぐらいで調子に乗るなと、侮蔑(ぶべつ)される気がしたのだ。女の子に慣れていないチェリーゆえ、被害妄想じみた思考に陥りがちだった。

そうやって密かに見つめるだけの時間が長くなると、満たされない反動から恋慕の情が強まるもの。いつしか祐作は、本気で和々葉が好きになっていた。

恋心を抱くのは初めてではない。中学高校のときにも、想いを寄せる女の子がいた。けれど、告白など無理な話で、相手に彼氏ができたり進路が違ったりして、すべて脆く崩れ去った。

だが、和々葉に対しては、これまでになく本気だった。是が非でも彼女と相思相愛の仲になりたいと、強く熱望した。みんなに好かれる人気者で、ライバルは多いと知りつつも諦められなかった。

だからこそ聞き耳を立てて情報収集し、和々葉と同じゼミを選んだのだ。

そこは指導教官が厳しいと評判で、学生の人気は低かった。もしかしたら和々葉とふたりだけかもしれないと、密かに期待していたのである。

なのに、蓋を開ければメンバーは他にふたりいた。しかもどちらも男だ。祐作は心底がっかりした。

もしかしたら、彼らも和々葉目当てなのか。だとしたら勝ち目はない。見てくれに関して、明らかに劣っていたからだ。

もっとも、最初の顔合わせや親睦会で、ふたりとも彼女がいるとわかった。どうやら早合点（はやがてん）だったらしい。

とりあえず安心したものの、和々葉と付き合える保証ができたわけではない。ゼミのときに、少しでも交流を深めねばと思った。

しかしながら、いくら機会ができても、思いどおりにコトが運ばないのが世の常である。祐作は程なく疎外感を味わうこととなった。

親しい異性がいるだけあって、ゼミ仲間の男ふたり——後藤と斎藤は、ひと付き合いの能力に長（た）けていた。和々葉に負けず劣らず社交的で、友人も多い。日々の生活も充実しているのが窺えた。

今風に言えば陽キャでリア充か。陰キャで非リア充の祐作とは、対極の人間である。

そのため、ゼミでも彼らと和々葉が楽しげに語らうのを、祐作はただ眺めるばかりだった。会話に加わるのがためらわれたし、雰囲気を壊して疎まれる気がしたのだ。

いや、間違いなくそうなるであろう。

自分は他の三人と住む世界が異なる。所詮は陽キャと陰キャ、リア充と非リア充、相容れることはない。

などと、卑屈な物思いに囚われる。

今回のゼミ旅行も、正直来たくなかったのである。どうせ仲間に入れないのだし、惨めな思いをしたくなかった。

けれど、

『谷川君も、もちろん行くよね』

明るい笑顔と期待の眼差しを和々葉に向けられ、首を横に振れなかった。

いちおう前向きになろうとしたのである。ここへ来るまでの新幹線では、いつもみたいにただ三人の会話をぼんやり耳に入れるだけでなく、相槌を打ったり、何か訊かれたらちゃんと答えたり、なるべく明るい表情をキープするようにも努めた。

ただ、やはり無理がたたったのか。バスを降りて歩き出してからは、彼らのあとをついていくのが精一杯。日頃の運動不足のせいもあったろうが、精神的な疲労のほうが大きかった。

(旅行のあいだ、みんなとうまくやっていけるんだろうか……)

この先に不安も覚える。日程は三泊四日と長いのだ。

すると、一番先頭を歩いていた和々葉が、こちらを振り返る。怪訝そうな面持ちをされ、祐作はドキッとした。

彼女は何を思ったのか、後藤と斎藤の脇をすり抜け、坂道をすたすたと下ってきた。

「疲れたの？」

小首をかしげて訊ねられ、返答に詰まる。

「あ、ああ、いや――」

「ごめんね。わたしが荷物を持たせたから」

祐作も和々葉の荷物を預かっていたが、一番軽いものである。自分のぶんを合わせても、大したことはなかった。

おそらく、三人より遅れがちだったから、心配したのであろう。

「大丈夫。このぐらい平気だよ」

そう返答したものの、声が幾ぶん震えていたかもしれない。間近になった女子大生から、汗ばんだ甘ったるい体臭が漂ってきたからだ。

そのためか、彼女は言葉どおりに受け止めなかった。

「手、貸して」

「え？」

「ほら、そっちの手」

祐作は自分のリュックを背中に担ぎ、和々葉のバッグを左手に持っていた。彼女が求めたのは、空いていた右手である。

意図がわからぬまま、右手を怖ず怖ずと差し出す。すると、和々葉の右手がそれを握ったのだ。

「さ、行こ」

強く引っ張られ、急きたてられるように足を前に出す。

すぐ前を歩く彼女は、右手を後ろに差し出し、背中を向けている。祐作と顔を合わせるのが照れくさいわけではなく、後ろを向いていたら坂道を歩けないからだろう。

おかげで、ジーンズに包まれたかたちの良いヒップを、間近で眺めることができた。

ジーンズはソフトタイプなのか、和々葉の歩みに合わせてぷりぷりと軽やかにはずむ。下着のラインも浮かんでおり、着衣なのにやけにそそられた。

これまでの人生で、異性のおしりをじっくり見た経験などない。ミルクと果汁をミックスしたようなかぐわしさが悩ましく香り、それにも胸が高鳴った。

(女の子って、どうしていい匂いがするんだろう……)

などと、思春期の少年みたいな感想を抱く。一浪しているからもう二十一歳なのに、異性との交遊に関してはティーンと変わらない。むしろ経験が乏しいぐらいだろう。

和々葉の手は柔らかい。なめらかで、強く握ったら簡単に壊れてしまいそうに華奢(きゃしゃ)である。そのくせ、祐作のものをギュッと強く握っていた。

「あー、谷川ばかり世話して、贔屓(ひいき)じゃんか」

不満というより、どこか囃(はや)すような口振りで言ったのは後藤だ。斎藤も「そうだそうだ」と同調する。

「谷川君は、あなたたちと違って繊細なのよ」

和々葉が口にした反論は、手を引く理由になっていなかった。おかげで、祐作のほうが居たたまれなくなる。

（……繊細なんかじゃないよ）

ただ気が弱く、臆病なだけなのだ。自分のことだからわかる。

祐作は手を引かれたまま、俯きがちに歩いた。手が汗ばんできた気がして、申し訳なく思いながら。

そのくせ、彼女のヒップをチラチラと窃視し続けたのである。

「いらっしゃいませ」

ペンションに到着すると、経営者らしき女性が迎えてくれた。旅館なら女将だろうが、この場合は何と呼べばいいのか。

そんなどうでもいいことを考えていたとき、

「来たよ、お姉ちゃん」

和々葉が発した言葉に、祐作は耳を疑った。

「ひょっとして、このひとって菅谷のお姉さんなのか？」

後藤も驚きを隠さずに訊ねる。

「そうだよ」

答えて、彼女が首をかしげた。

「あれ、言ってなかったっけ？　わたしたちが泊まるペンション、お姉ちゃんがオーナーだって」

「聞いてないよ」

斎藤が憮然として答える。ちゃんと教えてほしかったと言いたげに。

和々葉の故郷がここ信州だというのは聞いていたが、まさか姉がペンションのオーナーだったなんて。しかも、言葉もなく見とれてしまったほど、魅力的な女性だった。

なるほど、姉妹だけあって顔立ちは似ている。ただ、年が離れているようで、姉のほうはおそらく三十路前後ではないか。和々葉がアイドルなら、姉は主演作品が多数ある人気女優という雰囲気。

夏らしい色合いのシャツは、ノースリーブに近い半袖である。肉づきのいい二の腕や、ボタンを外した襟元から覗く白い肌から、成熟した色香が匂い立つよう。エプロンを着けた胸元も盛りあがり、女らしく豊満な肉体であることが着衣の上からでもわかった。

　大学では、まわりにいる異性は同世代がほとんどだ。大人の女性とはあまり縁がない。なのに、予告もなく年上の美女と引き合わされて、後藤も斎藤も戸惑っているのが窺えた。もちろん祐作も。

「初めまして。わたしはペンション『ぱすてる』のオーナーで、佐伯菜々穂と申します」

　丁寧に頭を下げた彼女に、男三人がきょとんとなる。

「え、佐伯？」

　斎藤が疑問を口に出す。和々葉と苗字が違っていたからだ。

「お姉ちゃん、結婚してるの」

　簡潔な説明に、みんな納得する。見れば、前で組んだ左手の薬指に、銀色のリングがはまっていた。

「それじゃあ、このペンションは旦那さんと経営してるんですか？」

　斎藤が質問する。

「いずれはそうなると思いますけど、今はわたしひとりです。夫は東京で会社勤めをしていますし、わたしがここを継いで、まだ半年も経っていませんから」

　つまり別居しているのか。しかも東京と信州で、かなり遠い。実際に新幹線やバスを乗り継いでここまで来たから、祐作はその距離を実感できた。

「継いだってことは、ご両親がこのペンションを建てられたんですか？」

　そう訊ねたのは後藤だ。

「いいえ。ウチの実家はふもとの街中ですし、親も普通の勤め人です。ここへは学生時代からアルバイトに来ていて、その縁で前の経営者から、安く譲っていただいたんです」

　若者の不躾（ぶしつけ）な質問にも丁寧に答える菜々穂に、祐作は好感を抱いた。和々葉も明るくて思いやりがあるし、姉妹そろって容姿も性格も言うことなしだ。

（菜々穂さんが姉さんで、和々葉ちゃんが妹だったらいいのにな）

　そんな家庭に生まれたかったと、到底叶うはずもない望みを抱く。だいたい、和々葉が好きなのに、妹では恋人同士になれないではないか。

「ねえ、そんなことはいいから、早く部屋に入ろ。疲れちゃった」

　和々葉がうんざりした表情を見せる。姉ばかり注目されるのが、面白くないのかもしれない。

「そうね。皆さんもお疲れでしょう。お部屋にご案内しますね」

菜々穂がにこやかに告げる。優しい微笑を向けられるだけで、祐作は旅の疲れが癒やされる心地がした。

2

ペンション「ぱすてる」は二人部屋が四つと、四、五人で泊まれるファミリールームがふたつある。祐作たちは四人でファミリールームに入った。

全員同じ部屋だというのは、事前に聞かされていた。男女同室でいいのかと祐作は気になったが、他ならぬ和々葉が提案したのである。そのほうが安く泊まれるからと。さらに身内ということで、宿泊費もかなりサービスしてもらっているようだ。

男と一緒の部屋でもかまわないというのは、いかにも和々葉らしい。一対一ではなく複数だから、かえって安心だと考えたのかもしれない。

その点については、後藤も斎藤も普通のことと受け止めている様子である。ふたりとも彼女がいるし、異性と夜を過ごすのは、特別意識するようなことではないというのか。

祐作はそこまで割り切れなかったから、本当にいいのかと内心うろたえていた。そんな自分がガキみたいで、またも落ち込みながら。

ただ、他の男ふたりは同学年の女子大生よりも、ずっと年上の人妻が気になる様子である。

「菜々穂さんって、菅谷とはけっこう年が離れてるんだな」

斎藤が、馴れ馴れしく下の名前を口にして訊ねる。

「うん。ちょうどひと回り違うもの」

そうすると、菜々穂は三十二歳なのか。

「結婚して何年？」

これは後藤。

「えっと、式は二十九歳になってすぐだったから、三年半ぐらい？」

「ふうん。新婚ってわけじゃないにせよ、旦那さんと離れて暮らすのは寂しいんじゃないの？」

「知らないわよ」

和々葉の表情が険しくなる。またも姉のことばかりで、気分を害したらしい。

そのため、

「谷川君も、お姉ちゃんのことが気になるの？」

と、祐作まで睨まれてしまった。とんだとばっちりである。

「いや、僕はべつに……」

返答の声が弱々しかったため、信じてもらえなかったらしい。彼女は「フン」とそっぽを向いた。

もっとも、そんなことでギスギスした雰囲気にはならない。感情をすぐ表に出すのが和々葉の常で、怒ったと思ったら、間を置かずに笑顔を見せたりする。

「ねえ、ペンションの周りを散歩しよ。すっごく景色がいいんだって」

わくわくした顔つきでの誘いに、後藤と斎藤は顔を見合わせた。

「……いや、着いたばかりで疲れてるし」

「おれも遠慮しとく」

ふたりとも、まったく乗り気ではなさそうだ。

「えー!?」

不満をあらわにした女子大生が、こちらを振り返る。《付き合ってくれるよね》と、眼差しで訴えかけてきた。

疲れているのは祐作も同じであったが、「僕は行くよ」と即座に了承する。

和々葉とふたりっきりになれるチャンスなのだ。逃す手はない。

「よかった」

彼女がニッコリと白い歯をこぼす。チャーミングな笑顔に、ときめきを抑えられない。

(よし。いい雰囲気になったら、思い切って告白しよう)

密かに決意する祐作であった。

(やっぱり駄目だな、僕は……)

祐作は胸の内で嘆き、アルコール飲料の缶に口をつけた。

和々葉とふたりでの散歩は、短時間で終わった。異性とふたりだけで歩くのなんて初めてで、緊張のあまり口数が極端に少なくなったためだ。

自分から話題を振れないばかりか、彼女からの問いかけにも「ああ」とか「うん」とか、短い返答をするので精一杯。告白なんて到底無理だし、会話もはずまなかった。

そのせいだろう。和々葉はつまらなそうに景色を眺め、祐作から逃げるように早足になった。ペンションの周りをぐるっと回ったのみで、ふたりの時間は何事もないまま、あっと言う間に終わったのである。

緑の木々に囲まれた遊歩道は、昼間でも陽射しが柔らかだ。蟬(せみ)や鳥の鳴き声にも心が洗われるよう。それこそデートには絶好の場所だったのに、せっかくのチャンスをふいにしてしまった。

まだ学生とは言え、二十一歳の成人男子なのだ。女の子とまともに喋れないなんて、あまりにも情けない。

そんなことだから、未だ童貞なんだと自己嫌悪に陥る。いや、童貞だから、女の子と普通に交流ができないのか。

鶏と卵のどっちが先かみたいな堂々巡りにはまる祐作とは関係なく、他の男ふたりと和々葉は、楽しげに盛りあがっていた。

夕食後のファミリールーム。四人は持ち込んだつまみやお菓子と、菜々穂にお願いしてあったという缶ビールや缶チューハイで、宴を開いていた。ペンションの食堂では他のお客もいて、大っぴらに飲むことがはばかられたのである。

食事は美味しかった。和々葉の姉、菜々穂は料理教室を開いていたこともあるそうで、地元の食材をふんだんに使った肉料理に野菜料理、小鉢やスープも一流レストランの味だと祐作は思った。

まあ、そんな店で食べたことはないけれど。

食堂にはもうひとり、給仕をする女性がいた。他に従業員は見ていないから、このペンションはふたりで切盛りしているらしい。

食事のときに菜々穂がテーブルに来て、もうひとりを紹介してくれた。綱木（つなき）かりんというその女性は、菜々穂の料理教室の生徒だったという。その縁で「ぱすてる」に誘われたそうだ。

経緯を教えられ、本当なのかと祐作は訝った。

なぜなら、かりんは金髪で肌がこんがりと焼けており、絵に描いたようなギャルだったのだ。エプロンの下はピタッとしたTシャツにショートパンツ。ピアスも多めで、耳だけでなく鼻にも付けていた。

正直、料理教室に通うタイプには見えない。おまけに、客である祐作たちに右手を挙げ、

『ども』

と、そこらの知り合い相手にするような挨拶をしたのである。おかげで、料理どころか、洗濯も掃除も不得手そうだと勝手に決めつけた。

ギャルでも家事ぐらいするだろう。けれど、彼女は祐作が苦手とするタイプ

で、つい偏見の目で見てしまったのだ。

和々葉は、かりんに屈託なく話しかけた。もともと誰とでも気安く接するし、同性同士だから見た目が派手でも身構えないのか。

ふたりのやりとりから、かりんも地元出身だとわかった。それから、二十六歳であることも。

初対面で年齢まで聞き出せるのは、和々葉がコミュニケーション能力に長けているからだろう。加えて、近寄りがたい印象のギャルも、案外話し好きのようだった。

男三女一で同じ部屋に泊まることに、かりんは『大丈夫なん、それ？』と、率直な疑問を口にした。いちおう常識的な考えも持っているらしい。

『うん。みんな友達だから』

和々葉のあっけらかんとした返答に、

『ま、いいけど』

かりんは軽く肩をすくめた。

（でも、本当にいいのかな……）

十二畳ほどの室内を見回し、祐作は改めて今夜のことを考えた。

床には薄手のカーペットが敷かれている。その中央に置いた小さなテーブルに、四人は飲み物やつまみを並べていた。

寝床と言えば、ファミリールームには簡易ベッドがひとつだけある。和々葉はそこで寝ると宣言していた。男三人はカーペットの床に、マットレスと蒲団を敷くことになる。

高低差があるぶん、男女同室でも安全と言えよう。また、仮に男側が欲望を覚えたとしても、こっちは三人だから互いに牽制し、不埒なことなどできまい。彼女もそう判断して、同室での泊まりを提案したのではないか。同じゼミの仲間であり、信頼しているところもあるのだろうが。

だとしても、今の恰好はあまりに無防備すぎないか。

和々葉が身に着けているのはタンクトップと、太腿が付け根まであらわなショートパンツである。夏の室内着としてはごく一般的でも、肩のブラ紐がチラチラと見えているし、行儀悪く胡坐をかいたときには、股間の隙間からかなり深い部分まで覗けた。

こんな肌の露出が多い装い、年頃の女の子なら、異性の前では避けるべきだ。

もっとも、後藤と斎藤は少しも気にしている様子がない。いつものように気が置けない会話に興じている。

もしかしたら、変なふうに見てしまう自分がいやらしいだけなのか。女を知らないせいで、欲望にまみれた目を向けてしまうのかもしれない。

またも自己嫌悪に囚われ、祐作はヤケ気味に酒をあおった。そんなに強くもないくせに。

そのうち、目の前の景色が波打ってきた。

地震なのかと、一瞬焦る。だが、揺れているのは地面ではなく自分自身なのだと、すぐに気がついた。

飲み過ぎたと、祐作はフラつきながら部屋を出た。トイレで小便をし、手と顔を洗い、水をがぶがぶと飲む。おかげで、多少すっきりした。

ところが、部屋に戻るなり、猛烈な眠気に襲われた。

（少し休もう）

カーペットに横臥（おうが）し、瞼（まぶた）を閉じて息を整える。他の三人は、そんな祐作をまったく気にしていない様子だ。

（僕だけのけ者か……）

卑屈な物思いに駆られ、何気なく薄目を開けるなり、心臓の鼓動がはね上がる。

テーブルの向こう側に和々葉がいた。脚を横に流して坐っていたのだが、ショートパンツの隙間から白いものが覗いていたのである。明らかに下着だ。

日常で目にしがちなチラリズムも、見知った異性のそれはやけに生々しい。色白の太腿と、鼠蹊部の色素が濃くなったところのコントラストにも、脳を撃ち抜かれたような衝撃を受けた。

（こら、見るな）

自らを叱りつけ、瞼のシャッターを下ろす。動悸を懸命に鎮め、気を落ち着かせた。

ようやく平常心を取り戻すと同時に、睡魔が忍び寄る。程なく、祐作は眠りに落ちた。

3

「──ねえ、起きて」

からだを揺すられ、祐作は夢の世界から引き戻された。

「うう」

顔をしかめ、不機嫌を隠さずに唸る。まだ眠かったし、自分がどこにいるのかを、すっかり忘れていたからだ。

けれど、少しだけ持ちあげた瞼の向こうに、愛らしい容貌を目にしたものだから、一発で目が覚める。

「あ、ああ、なに？」

身を起こし、周囲を見回す。すでにテーブルは片付けられており、後藤と斎藤は各々蒲団の上で鼾をかいていた。

「もう夜中だよ。お蒲団を敷いて寝る前に、お風呂に入ってきたら？」

和々葉が半ばあきれた面持ちで言う。ちょっとだけのつもりが、三、四時間も眠ってしまったようだ。

おかげで、酔いはすっかり醒めていた。

見れば、和々葉の髪が湿って色濃くなっている。ボディソープの香りもするから、彼女は入浴を終えたばかりらしい。

「ふたりも風呂に入ったの？」

眠っている男性陣に視線を向けて訊ねると、

「あの子たちはシャワーで済ませたみたい。知らない人間が入った湯船につかりたくないんだって」

このペンションには浴室の他、シャワールームもあった。若い世代は風呂の準備や後始末が面倒だと、自宅でもシャワーで済ませることが多いという。かく言う祐作も、独り暮らしを始めてからはずっとそうだ。

「菅谷さんはお風呂？」

「うん。そんなに広くないけど、脚を伸ばせるから気持ちよくって、つい長湯しちゃった」

朗らかに告げられ、どぎまぎする。愛らしい女子大生の入浴シーンを想像したからだ。

「谷川君もお風呂にしたら？　お勧めするよ」

「うん、そうする」

祐作は着替えとタオルを準備すると、「それじゃ」と部屋を出た。

「いってらっしゃい」

声をかけてくれた和々葉は、スキンケアの真っ最中であった。大学ではほぼすっぴんだったが、肌のお手入れぐらいはするのか。

やっぱり女の子なんだなと、本人に告げたらむくれそうな感想を抱きつつ、祐作はドアを閉めた。

浴室は一階の奥で、そこだけ建物から飛び出した造りになっていた。三方に窓があって、しかも磨りガラスではなく透明とのこと。位置的に周囲から覗かれないから心配無用だと、最初にペンション内を案内されたときに、菜々穂から説明を受けた。かつては薪で風呂を沸かしていたそうである。

浴室はひとつしかないため、男女別になっていない。時間制でもなく、入るときは外の札を【使用中】にするのだ。

札が【空き】になっているのを確認し、それをひっくり返してから、祐作は中に入った。

脱衣所には、甘ったるい熱気が漂っていた。和々葉が使ってから、時間があまり経っていないとみえる。

(和々葉ちゃんの匂いなんだ……)

好きな女の子の残り香を深々と吸い込み、うっとりする。宴会中に目にしたパンチラや、健康的な太腿も記憶に蘇(よみがえ)り、モヤモヤしてきた。

(——て、変態かよ)

自分自身にあきれ、頭をぶんぶんと振る。邪念を払ったつもりだったが、若い欲望はそう簡単に鎮まるものではない。

（え？）

視界の端に捉えたものに、心臓がバクンと派手な音を立てる。

床に置かれた脱衣籠の中に、くしゅっと丸まったものがあった。純白のそれは明らかに女性の下着——パンティだ。

（これ、和々葉ちゃんの？）

入浴したのなら、新しいものに穿き替えたのだろう。そのため、脱いだものを忘れていったのか。彼女なら、いかにもやりそうである。

触れてはいけないと理性が命じる。女性の汚れ物に手を出すなんて、変質者以外の何者でもないと。

だが、そもそも祐作は、汚れ物だなんて思っていなかった。むしろ神聖で、穢れなきものだと感じた。

理性の訴えに耳を貸すことなく、綿みたいに軽いそれを手に取る。好きな子の恥ずかしいところに密着していたものだと考えると、脳が沸騰しそうなほどの昂りを覚えた。

少しもためらわずに裏返したのは、未だ目にしたことのない女性器の痕跡を確かめたかったからだ。

（ああ）

胸の内で感嘆の声を上げる。クロッチの内側は中心がほんのり黄ばんでおり、糊が乾いたような跡もあった。

（ここに和々葉ちゃんのオマンコが——）

普段なら絶対口にしない卑猥な単語を思い浮かべたのは、それだけ昂っていた証である。軽い目眩すら覚えた。

そのため、少しもためらうことなく、淫靡な中心に顔を埋める。

鼻先に触れた布は、わずかに湿っていた。間違いなく脱ぎたてだ。

感じたのは、ミルクを濃くした悩ましいかぐわしさに、ヨーグルトの酸味が加わった乳酪臭。鼻奥に引っかかる磯くささは、乾いたオシッコの成分か。

恥ずかしすぎるパフュームに、祐作は大昂奮であった。

下着の匂いを嗅がれるなんて、当事者の女の子にとっては恥辱でしかない。変態と罵られても仕方のない行為であることぐらい、童貞でもわかる。

けれど、せっかく手に入れた宝物を、やすやすと手放す気にはなれなかった。

祐作はなまめかしい臭気を堪能しながら、ズボンとブリーフを慌ただしく脱ぎおろした。風呂に入るから裸になるのは当然ながら、目的は別にある。

未だ女を知らない股間のイチモツは、雄叫びでも上げるみたいに隆々とそそり立っていた。尖端の鈴割れに、透明な粘りを滲ませて。

それを握れば、甘美な愉悦が手足の隅々にまで広がる。

「むふぅ」

こぼれた熱い鼻息がクロッチを蒸らす。染み込んでいた媚薫が、いっそう濃く匂い立った。

ビクン――。

手を少し動かしただけで、鋭い快感が生じる。

(うわ、気持ちいい)

ひとしごきでここまでの悦びを得たのは初めてだ。

できれば横になって、ゆったり気分でオナニーに耽りたい。かつてない昂奮にまみれている今は、ペニスの感度も上がっているようだ。精液もかなりの量がほとばしるはず。

しかし、脱衣所の硬い床は、寝転がるのに相応しくない。かと言って部屋に戻れば、ゼミの仲間がいる。まして、和々葉に見られるわけにはいかない。

仕方なく、祐作はその場に立ったまま、分身をゆるゆるとしごいた。

膝がわななくほどの悦びにひたり、呼吸が否応なくはずむ。粘っこい先走りが量を増し、滴って指を濡らした。

（これ、気持ちよすぎる）

早くもイッてしまいそう。自愛行為に没頭する祐作は、脱衣所のドアが静かに開けられたことに気がつかなかった。

「何してんの？」

咎（とが）める声に、心臓が止まりそうになる。焦って振り返ると、そこにいたのはペンションの従業員であるかりんだった。

「あ、え？　あ、わわわ」

絵に描いたように狼狽（ろうばい）し、祐作は足首まで落としたブリーフとズボンを引き上げようとした。ところが、褐色のギャルが突進するみたいに向かってきたために動けなくなる。

彼女は、年下の男が手にしていた白い下着を、乱暴に奪い取った。

「これ、あたしのパンツじゃん！」

驚きと嫌悪を含んだ声に、祐作はゲッとなった。好きな女の子の秘臭を堪能していたはずが、まさか全然タイプじゃない異性のものだったとは。

不埒な行為を目撃された恥ずかしさよりも、落胆のほうが大きかった。あれだけ猛々（たけだけ）しかったシンボルが、たちまち力を失う。

そこに追い討ちをかけるように、かりんの罵声が飛んだ。

「あたしのパンツをクンクンしてオナニーするなんて。そんなにマンコの匂いが嗅ぎたいの？　ったく、どうしようもないヘンタイだね」

こっちはいちおう客なのである。なのに、そこまで言うなんて。それだけ腹を立てているのだろう。

「……綱木さんのだとは思わなかったから」

最初からわかっていたら、あんなことはしなかった。和々葉のものだと信じ込んだから、我慢できなかったのである。

だが、祐作のつぶやくような弁明が、彼女をいっそう不機嫌にさせたらしい。

「あたしのパンツじゃコーフンしないってこと？　ずいぶん失礼なこと言うじゃんか」

変態だと罵っておきながら、昂奮しないのを咎めるなんて。自分が言ったことの矛盾に気がついていないのだろうか。

　すると、かりんが何かを悟ったみたいにほくそ笑む。

「そっか。あたしのじゃなくて、和々葉ちゃんのだと思ってたワケか」

　図星を指され、祐作はギョッとした。

「な、何を言ってるんだよ」

　焦って言い返したものの、狼狽しているのは自分でもわかった。そのため、あっさりと見抜かれてしまう。

「やっぱりそうか」

　かりんが腕組みをし、上から目線でうなずく。居たたまれなくて、祐作は視線を落とした。剝き身の下半身が視界に入り、うな垂れたペニスを目にしたことで、自分がますます惨めな存在に思えてくる。

「あたし、さっき和々葉ちゃんとお風呂に入ったんだよ。従業員とお客がいっしょに入るなんて、本当ならダメに決まってるのに、あの子のほうから誘ってくれてね。それで、お疲れ様でしたって、背中も流してくれたし」

　和々葉が入浴したあとで、かりんの下着が残されていた理由が判明した。

　なるほど、目の前の金髪は幾ぶん湿っているようだし、ミニ丈のゆったりしたワンピースという軽装も、昼間見た装いと異なっていた。おそらく入浴後に着替えたのだろう。

もしも脱衣籠にあったのが、ギャルに相応しいヒョウ柄のパンティだったら間違わなかった。部屋でチラ見した和々葉のそれが白だったから、彼女のものだと疑わなかったのである。

「和々葉ちゃんってカワイイし、同性のあたしから見ても、裏表がなくてすごくいい子だって思うもんね。あんたみたいにウジウジして、こっそりパンツをイタズラするような暗い男には、天使みたいに見えたりして」

侮蔑の言葉にも反論できずにいると、かりんは苛立ったみたいに「フン」と鼻を鳴らした。

「あんた、和々葉ちゃんが好きなんだね」

問いかけではなく、断定の口調にも何も言えない。祐作は黙って下唇を嚙み締めた。

「まあ、いいわ。脱いで」

唐突な命令に、祐作は「え?」と顔を上げた。

「お風呂に入るのに、下だけ脱いでどうすんのよ」

それは確かにその通りだが、異性の前で素っ裸になるなんて恥ずかしすぎる。

もっとも、すでに下半身を晒しているのだ。勃起したイチモツばかりか、それをしごくところまで見られたあとである。

（ええい、どうにでもなれ）

自暴自棄になり、シャツを頭から抜く。足首に絡まっていた衣類も、乱雑に取り除いた。

そこまで無言で見守っていたかりんが、いきなりワンピースを脱いだものだから、祐作は度肝を抜かれた。

（え、えっ⁉）

彼女はノーブラだった。かたちの良いドーム型のおっぱいがあらわになる。日焼けサロンあたりで、トップレスになって焼いているのか、褐色の肌に水着の跡はなかった。

意外と女らしい腰回りを申し訳程度に包むのは、黒いパンティだ。サイズが小さめで、そちらは肌の白い部分がウエストやVラインから覗いている。

いったい何が起こっているのか。あまりのことに固まってしまった祐作の目の前で、かりんは下も脱いで一糸まとわぬ姿になった。当然ながら、視線は股間に一直線となる。

(あ、生えてない)

陰阜はツルツルだった。縦に一本の切れ込みがあるのみ。年齢的に天然のパイパンではないだろうし、エステで処理しているのか。

「さ、おいで」

彼女に腕を掴まれ、乱暴に引っ張られる。ふたりはお湯の熱気が立ちこめる、浴室内へと足を進めた。

三方に窓のあるそこは、設備こそ普通の家庭風呂とそう変わらない。だが、すでに真っ暗な外は見えずとも、温泉施設っぽい解放感があった。

しかしながら、祐作にはまったく余裕がなかった。

(どうなってるんだ、いったい?)

信じ難い展開に混乱し、ほとんど茫然自失の体。洗い場でも突っ立ったままだった。

目の前のオールヌードも、現実感がひどく乏しい。人間ではなく、肌色の物体のごとく映っていた。

かりんがこちらに背中を向けて、シャワーの蛇口をひねる。突き出されたヒップは、日焼けした肌とのコントラストがくっきりして、やけに白かった。さっき匂いを嗅いだパンティを、まだ穿いているみたいだ。

そこに至って、ようやく劣情が追いついてくる。

（いっしょに風呂に入ろうってわけじゃないよな）

ギャル従業員の目的を推し量り、胸の鼓動が速くなる。彼女はすでに入浴しているのであり、もう一度からだを洗うとは考えにくい。

ということは、淫らな行為をするつもりではないのか。

（……いや、だけど、どうして僕と？）

女性にワンナイトラブを求められるほどの色男ではない。むしろ、かなり魅力に欠ける。

おまけに、パンティをオカズに自慰をするところを見られた直後なのだ。軽蔑こそされても、惚れられる可能性はゼロである。

かりんがこちらに向き直る。いきなり顔面にシャワーを浴びせられ、祐作は「わっ」と悲鳴を上げた。

「あたしのパンツにイタズラした罰」

愉快そうに言って、今度は肩からかけてくれる。水流の滴る肌を柔らかな手で撫でられ、祐作はくすぐったい心地よさにひたたった。

「ああ」

思わず声が洩れる。

「気持ちいい？」

かりんが満足げな笑みを浮かべる。どうやら洗ってくれるらしい。

（ひょっとして、自分の下着をオカズにされて嬉しかったのかも）

和々葉のものと間違えたと知って、気分を害したぐらいだ。あるいは、恥ずかしい匂いを嗅がれたい願望でもあるというのか。

そんなことを考えたら、ますますあやしい心持ちになった。うな垂れていた分身に、情欲の血潮（ちしお）がじわじわと流れ込む。

いきなり下降したギャルの指が、そこを捉えた。

「あううッ」

たまらず声を上げ、腰を引く。軽くさわられただけで、目のくらむ快感が襲来したのだ。

「けっこう敏感じゃん」

涼しい顔で感想を述べる彼女は、自分がいやらしいことをしているなんて意識は皆無のようだ。筒肉（つつにく）に指を巻きつけ、弄（もてあそ）ぶみたいにしごく。

おかげで悦びがふくれあがり、海綿体が一気に充血した。

「わ、すごっ」

かりんが目を丸くする。手の中でふくれあがった牡器官が、たちまち上向きにそそり立ったのだ。

「へえ、けっこう立派じゃんか」

褒められても、喜ぶゆとりなんてない。キスすらも経験のない童貞の身で、異性にペニスをしごかれているのである。早くもほとばしらせそうなのを、懸命に堪えていた。

「ちょ、ちょっと、やめてください」

淫らな期待を抱いたくせに、本心とは真逆のことを口にする。こんなに早く昇りつめてはみっともないからだ。

それに、手で愛撫されるだけで終わりたくない。どうせなら最後まで——童貞を卒業したかった。こんなチャンス、二度とないに決まっているのだから。

「やめないよ」

冷たく言い放ったかりんが、右手の握りを強める。ズウンと、深い快さが胸にまで昇ってきた。

（やめないって、それじゃ――）

このまま射精させるつもりなのか。

淫らな展開を期待していても、いざそのときを迎えると躊躇せずにいられない。これもヘタレな童貞ゆえだ。

それでも、性感曲線は否応なく右肩上がりとなる。

かりんがすぐ前に膝をつく。目の高さで勃起をまじまじと観察され、祐作は顔が熱く火照るのを覚えた。

「あんた童貞っしょ」

事実を言い当てられ、ドキッとする。素直に認めるのは恥ずかしいから黙っていると、

「ここそこパンツでオナニーするようなヤツは童貞に決まってるし、チンチンをちょっとしごかれただけで膝をガクガクさせちゃってさ。こんなに敏感じゃ、経験がないのが丸わかりだっつうの」

侮蔑的な決めつけにも反論できない。祐作は下唇を噛んで屈辱に耐えた。

「このままあんたを部屋に帰したら、和々葉ちゃんにムラムラして、寝込みを襲いかねないし。だから、ここでスッキリしてもらわないと」

和々葉が襲われないよう、欲望を発散させるつもりらしい。

部屋には他にふたりいるのである。我慢できなくなったとしても、手を出せるはずがない。いや、仮にふたりっきりだったとしても、祐作にそんな度胸はなかった。

（まったく、ひとをケダモノみたいに）

そこまで理性のない人間だと思われているのか。まあ、脱衣所での自慰行為を目撃されたあとでは、致し方ないとも言える。

「ほら、さっさとイッちゃいな」

手淫（しゅいん）奉仕の速度が上がる。鈴口（すずぐち）から溢れたカウパー腺液（せんえき）が滴り、上下する包皮（ほうひ）に巻き込まれてクチュクチュと泡立った。

（うう、ヤバい）

祐作は陥落寸前だった。それでも、だらしなく昇りつめるところは見せたくないと、懸命に忍耐を振り絞る。

そんな努力も、もう一方の手が陰嚢（いんのう）にのばされたことで無に帰した。

「ああっ」

天井に向かって観念した声を放つ。牡の急所を揉まれて、腰の裏がぞわぞわする快感が生じたのだ。

　直後にオルガスムスの波が、忍耐の堤防を突破する。

「お、あ――で、出ます」

　呻くように告げるなり、目の奥が歓喜に絞られる。蕩ける愉悦を伴って、熱い滾りが幾度もほとばしった。

「あ、ああっ、ううう」

　膝が笑い、立っていられなくなる。無意識にかりんの肩に摑まり、祐作は腰を震わせた。

「あ、すご。いっぱい出てる」

　射精のあいだ、彼女は手を休みなく動かし続けた。どうすれば男が快いのか、ちゃんとわかっていたようだ。

（もう何人もの男を、こんなふうに弄んできたんだろうな……）

　だから早々にイカされたのである。

　そんなふうに決めつけたのは、あっ気なく果ててしまった自身のだらしなさを認めたくなかったからだ。童貞にもプライドはある。

　しかしながら、すべて出し終えたあとも執拗にしごかれ続け、反発心が雲散霧消する。

「も、もう出ません」

観念して告げると、かりんが上目づかいでこちらを見あげる。どこか小馬鹿にしたふうにも感じられ、祐作はますます惨めな気分になった。オルガスムスが引いて、理性的になったためもあったろう。

「本当に？」

不服そうに眉根を寄せられ、「え？」となる。多量に飛び散ったザーメンは、彼女の胸元を淫らに穢し、一部は太腿にも滴り落ちていた。これでもまだ足りないというのか。

「ほ、本当です」

「じゃあ、チンチンがでかいままなのは何でよ？」

言われて、ようやく気がついた。白濁のまといついた指が絡むイチモツが、未だにそそり立ったままであることに。

「いや、これは――」

かりんがしつこくしごき続けたせいだと言おうとして、祐作は思いとどまった。ひとのせいにするなと、叱られそうな気がしたからである。

「これじゃ、あたしがヘタクソで、満足させられなかったみたいじゃん」

憤慨をあらわにされ、ますます何も言えなくなる。実際は射精後も快感が続いていたために、海綿体が充血を解かなかったのだ。

「チンチンが小さくならないうちは、あんたを部屋に帰さないからね」

だったらどうするつもりなのか。祐作は当惑し、口をへの字に歪めた。

4

「ここに寝な」

かりんに命じられるまま、祐作はタイルの床に仰向けで寝そべった。

意図はさっぱり掴めなかったものの、従わないと機嫌を損ねるのは間違いない。脱衣所でオナニーをしていたなんて皆にバラされては困るし、ここは穏便に済ませるより他なかった。

覚悟を決めたつもりだったが、こちらを見おろす目がやけにギラついていることに気がついてギョッとする。

「もう一回出す前に、あたしにお礼してもらうよ」

かりんが顔を跨いできた。祐作の足のほうを向いて。

のだ。

「あ――」

洩れかけた声をどうにか呑み込む。見あげた視線の先に、女体の神秘があった

正面から見たそこは一本のスジだった。しかし、下からの景色はもう少し複雑である。脚を開いているためか裂け目がほころび、貝の肉みたいなものがはみ出していた。

童貞ゆえ、ナマの女性器を目にするのはこれが初めてだ。けれど、ネットの無修正画像や動画をオナニーのオカズにしていたから、そこがどんなふうになっているのかぐらいは知っている。

それらのものと比較すれば、かりんの秘苑は色素の沈着も淡く、花弁も小さい。無毛のせいもあってか、見るからにあどけない眺めであった。

言動と性器の佇まいは真逆だなと、本人が聞いたら間違いなく激怒しそうなことを考えたとき、離れていたはずの牝腰が一気に接近してきた。

「んぷっ」

身をよじって抗ったのは、顔面に坐り込まれたからである。文字通り尻に敷くことで、屈辱を与えようとしているのか。

ところが、もっちりした柔らかさをまともに受け止めた直後、悩ましいかぐわしさが鼻腔に忍びこんできた。そのため、からだが動かなくなる。

(ああ、これって……)

純白の下着に染み込んでいた、えも言われぬ芳香。それと相通じるものだ。ダイレクトに嗅いでいるわりに淡いのは、入浴後だからだろう。

「クンニして。童貞でも、そのぐらいわかるっしょ」

かりんの声がやけに遠くから聞こえる。内腿で耳を塞がれていたのと、昂りが急速にこみ上げていたためだ。

祐作はセックスよりも、フェラチオのほうに憧れが強かった。右手で己身をしごきながら、女性にしゃぶられたらどんなに快いだろうと夢想した。

正直、未知の存在である女性器より、口のほうが想像しやすかった。自分でしゃぶることはできないかと、試みたことも一度や二度ではない。

それ以上に憧れたのはシックスナインである。同時に性器に口をつけ、悦びを高め合う。恥ずかしいところをすべて晒す体位は背徳的であり、これ以上にいやらしい行為があるものかと思った。

正直なところ、セックスは腰づかいのテクニックが必要でも、オーラルセックスは敏感なところを狙えばいい。初心者でも女性を感じさせられるはずと、未経験ゆえの消極的な姿勢があったのは否めない。

ともあれ、チャンスが訪れたら誠心誠意奉仕するため、女性はどこが感じるのか、祐作はちゃんと研究していた。もちろん実地ではなく、ネットや雑誌から得た情報であるが。

その知識にのっとって、湿った裂け目に舌を差し入れる。

「あん」

かりんが甘えた声を洩らし、ヒップをもぞつかせた。

女芯（にょしん）の内側は粘っこいものが滲み、温かだった。入浴したあとなのに匂いがあるのは、昂奮したからなのか。

(僕を射精させて、いやらしい気分になったのかもしれないぞ)

だから愛撫を欲したとも考えられる。

ならば徹底的に感じさせてやろうと、敏感なところを狙う。裂け目の恥丘（ちきゅう）側にそれがあるはずだ。

「あひッ」

鋭い声がほとばしり、顔を挟む内腿に力が加わる。どうやら目的の部位を捉えたらしい。

(ここがクリトリスだな)

余り気味の包皮に隠れた、小さな真珠。目ではなく舌で探り、硬めの尖りをぴちぴちとはじいた。

「あ、ああっ、そこぉ」

お気に入りのポイントを攻められて、年上のギャルがよがる。顔に乗った尻肉が、ビクッ、ビクッとわななくのもわかった。

祐作の口は彼女の陰部に密着しているため、その部分を目で観察するのは無理である。視界にあるのはもうひとつの穴——ちんまりしたセピア色のツボミだ。

(綱木——かりんさんのおしりの穴だ)

胸の内で呼び方を変えたのは、親近感のあらわれであった。裸でふれあっているのだし、もはや他人ではない。

何にせよ、排泄口たるそこに、ときめきを抑えられない。性器以上にいけないものを目にしている気がした。

秘核を刺激するのに同調して、アヌスがキュッキュッとすぼまる。愛らしい眺めに、舌づかいにも熱が入った。

「き、キモチいい。童貞のくせに、マンコ舐めるの上手じゃん」

侮蔑の混じった褒め言葉にも、怒りは湧かない。祐作はむしろ大得意だった。かりんが声を切なげに震わせていたからである。

(よし、このままイカせてあげよう)

最高の快感を与えられたら彼女も見直して、最後までさせてくれるかもしれない。

祐作は発憤し、抉るように秘核をねぶった。ジワジワと溢れる蜜を舌に絡め取り、包皮を脱いだそこに塗り込める。

「ううう、あ、はああっ」

よがり声が大きくなる。浴室にかなり反響しているようだ。

(外にまで聞こえるんじゃないか?)

もっとも、すでに午前零時を回っている。もう誰も起きてはいまい。和々葉もすでに眠っているのかと考え、祐作の胸はちょっぴり痛んだ。好きな女の子を裏切っているからだ。

(いや、こうやって経験を積めば、いつか和々葉ちゃんとするときだって――)

怖じ気づかず、リードできるはずである。これは彼女のためなのだと、自らに言い訳した。

その間にも、かりんは順調に高まっていた。

「ああ、あ、あん、キモチい」

ハッハッと息をはずませ、腰をくねらせる。自ら腰を前後に動かし、より快いところを舐められるよう調整しているようだ。

感じている証に、尻の谷に細かな汗の粒がきらめく。強まった甘酸っぱい匂いを、祐作は胸いっぱいに吸い込んだ。

ビクン――。

強ばりを解かずにいたペニスが、雄々しくしゃくり上げる。淫靡な臭気が劣情を高め、射精欲求も復活しつつあった。

(かりんさんのここに挿れたい)

熱望がふくれあがる。男になりたいというより、単純に快感を求めてだ。きっと蕩けるほどに気持ちいいのだろう。

「むふっ」

太い鼻息を秘肛に吹きかける。しなやかな指が、再び肉根に巻きついたのだ。

「やん、ガチガチ」

牡の逞しさにうっとりするような声音。ゆるゆるとしごかれ、目の奥に火花が散った。

(うう、まずい)

腰をよじらずにいられない気持ちよさに、総身がわななく。クンニリングスがおろそかになりそうだ。

(くそ、負けるものか)

対抗心を燃やし、舌を懸命に律動させる。かりんをイカせるのだと、それだけを念頭に祐作は励んだ。

ところが彼女の次なる手、いや口が、そんな努力を無にしてしまう。顔に重みをかけていたヒップが、わずかに浮かんだと思った次の瞬間、

チュパッ――、

亀頭がはじける感覚が生じ、腰がガクンと跳ね躍った。

(え、まさか)

そんなはずはないと思った次の瞬間、敏感な粘膜にてろてろと這い回るものがあった。紛れもなく、かりんの舌である。

(かりんさんが僕のを⁉)

まさかそこまでするなんて。自分が舐められているから、お返しのつもりなのだろうか。

憧れてやまなかった口淫奉仕をされて、祐作の心は乱れた。余裕がなくなり、秘苑をねぶる舌づかいが単調になる。

一方、かりんはよがっていたのが嘘のように、音を立てて男根をしゃぶる。

ぴちゃぴちゃ……チュウッ。

舌を躍らせ、ふくらみきった頭部を吸いたてる。口からはみ出した肉棹にも、指の輪をせわしなく往復させた。

目のくらむ愉悦に巻かれ、祐作は両膝を曲げ伸ばしした。

(僕、フェラチオをされてるんだ……)

想像していた以上に気持ちいい。一方で、不浄の器官をねぶられることに、罪悪感も覚えた。

最初にシャワーで流されたものの、そのあとで射精に導かれたのである。そこにはザーメンの残滓がこびりついているはずだ。

にもかかわらず、かりんは味わうかのごとくに舌を絡みつかせる。敏感なくびれ部分をニュルニュルと摩擦され、性感曲線が急上昇した。

（駄目だ、このままじゃ）

祐作は浮きあがったヒップを両手で摑み、引き寄せた。再びかぐわしい陰部と密着し、さっき以上に激しく舌を躍らせる。

「むふっ」

温かな風が陰嚢にかかる。かりんの鼻息だとわかった。

（よし、感じてるぞ）

逆転を狙い、敏感な肉芽（にくめ）を強く吸う。両手で支える臀部（でんぶ）の筋肉が、ビクンッと強ばった。

口技の応酬で、ふたりの体温が上がる。重なった肌が滲んだ汗ですべった。

それにもかまわずねぶり合ううちに、祐作は不意に気がついた。

（これ、シックスナインだ！）

意識しないままに、最高にいやらしいと考えていた行為に及んでいたのだ。

悦びを与え与えられる、男女が対等になった前戯。いや、これは前戯ではなく、祐作にとっては本番そのものであった。

昂奮しすぎて、頭がボーッとしてくる。彼女のすべてを舐め尽くしたいと、気がつけばアヌスにも舌を這わせていた。

「むううう」

非難するような呻きにも怯(ひる)まず、放射状のシワをチロチロと舐める。くすぐったそうに収縮するのが、たまらなく愛おしい。

「ふは——」

かりんがペニスを吐き出す。唾液に濡れたそれを強く握り、声を荒らげた。

「どこ舐めてんだよ、バカッ」

咎められても、祐作は意に介さなかった。心から嫌がっているようには感じられなかったのだ。

(本当は気持ちいいんだぞ、きっと)

そのことを知られたくなくて、誤魔化しているに違いない。

そう判断し、アナルねぶりをしつこく続ける。いくらかほぐれてきた感のある中心に、尖らせた舌を突き立てた。

「ば、バカッ、ああああっ」

括約筋(かつやくきん)がキツくすぼまる。彼女は腰をよじり、逃れようとした。

侵入は無理そうだと、祐作は舌をはずした。クリトリスに戻ったのは、完全に諦めたからではない。

「ふう」

安堵のため息をついて、かりんが再び秘茎を含む。完全に油断したか、尻の谷も緊張を解いて開いた。

その隙を逃さず、今度は指で可憐なツボミを悪戯する。

「むっむッ、むううう」

呻き声こそ聞こえたが、抵抗はない。またも秘肛を狙われ、もうどうでもいいと観念したのか。あるいは、快感に身を任せる心づもりになったのか。

実際、唾液に濡れた後穴をヌルヌルとこすれば、顔の上の双丘が悩ましげにくねった。

「むふっ、ふっ、うぐぅ」

おしゃぶりをする口許から喘ぎが洩れる。愛液も粘っこいものがトロトロと溢れた。

どうにか形勢逆転できたようだ。あとは彼女をイカせるのみと、秘核とアヌスへの刺激を継続する。

つぷ――。

少し力を加えただけで、指が直腸内に入り込んだ。爪の根元ぐらいまで。

「——いいいっ」

かりんが剛直を解放してのけ反る。全身をピクピクさせ、もはやフェラチオどころではない様子だ。

「イヤイヤ、ぬ、抜いてってば」

ほんのちょっと侵入しただけなのに、深く抉られたかのような慌てぶり。入り口が祐作の指をキュウキュウと締めつけた。

さっきまで横柄だった彼女が、泣きべそ声で抗っている。祐作はようやく優位に立てた気がした。

それにより、愛しさも覚える。

(可愛いな)

苛(いじ)めたいという思いも強まり、秘肛の指を小刻みに前後させた。

「あ、あ、あ」

かりんが焦った声をあげる。それ以上させまいとしてか、ツボミの締めつけがいっそう顕著になった。

しかし、事前に唾液で潤滑(じゅんかつ)されていたため、無駄な抵抗に終わる。ギャルの尻穴をほじりながら、祐作は内心でほくそ笑んだ。

（うん、感じてるみたいだ）

熱っぽい喘ぎを耳にして確信する。

肛門も性感帯であり、刺激されて快感を得る場合がある。だからこそ、アナルセックスに興じる者がいるのだ。

ネットにあった、そんないかがわしい記事を鵜呑みにしたわけではない。けれど、後ろの穴を使った交わりでよがる女性を、エロサイトの動画で目にしたことが何度かあった。

かりんは遊び人で経験豊富みたいだし、アナルセックスの経験もありそうだと密かに推察した。それは違っていたようながら、新たな刺激を受け入れることへのハードルが低いのではないか。

その推測は、どうやら当たっていたらしい。舌と指による二箇所責めに、彼女は程なく乱れだした。

「あひっ、ヒッ、いやぁあああ」

身悶えてすすり泣く。両手で牡の漲り（みなぎ）にしがみつき、下半身をワナワナと震わせた。

（ああ、いやらしい）

淫らな反応に煽(あお)られて、祐作は快楽奉仕にいそしんだ。いつの間にか、指は第一関節まで埋没しており、直腸のぬくみを味わう。

そうやって熱中していたものだから、自身もじわじわと上昇していたことに気がつかなかった。

「ああ、ダメダメ、イッちゃう」

頂上が近いと知らされ、もう少しだと舌を縦横に暴れさせる。指ピストンもスピードアップした。

「イヤイヤイヤ、ほ、ホントにイクぅううっ！」

ガクッ、ガクンと、女体が跳ねる。絶頂したのだ。

（やった。かりんさんをイカせたんだ）

成就感にひたったとき、喉をゼイゼイと鳴らしていたはずのかりんが、ペニスにむしゃぶりつく。頭を上下させての強烈な逆ピストンに、祐作はたちまち限界を突破した。

（あ、ヤバい）

慌てて忍耐を振り絞っても手遅れ。歓喜のトロミが屹立(きつりつ)を迫りあがった。

「むふふふふぅ」

濡れた女芯に口を塞がれたまま、身をくねらせて喘ぐ。からだが熱せられたバターみたいに溶ける心地がした。

びゅるんっ――。

熱いものが尿道を通過する。それを待ち構えていたみたいに亀頭を吸引され、目がくらんだ。

「ングっ、ん、ンンンぅ」

唸る彼女の口許から、ぢゅぷぢゅぽと卑猥な音がこぼれる。射精中の摩擦と吸引は、オルガスムスの快感をいっそう大きくした。

（すごすぎる）

大袈裟(おおげさ)でなく、全身がバラバラになるよう。祐作は手足を投げ出し、胸を大きく上下させるばかりであった。

嵐が去り、虚脱感が訪れる。さすがにペニスも軟(やわ)らかくなったのではないか。

それにしても、どうしてこんなことになったのだろう。気怠(けだる)さにまみれつつ記憶を辿ると、ペニスを包んでいた温かなものがはずされた。

（……僕、かりんさんの口に出したんだ）

そのことに気がついた直後、

「二回目なのに、濃いの出してくれちゃって。危なく噎せるとこだったし」

かりんの不機嫌そうな声が聞こえた。

(え、僕の精液、飲んだの？)

驚いたものの、何か言う気力もない。祐作はタイル の床に寝そべり、なかなかおとなしくならない呼吸を持て余した。

第二章　いけないサービス

1

（かりんさん、どうしてあんなことを――）

昨晩のことを思い返し、菜々穂はモヤモヤした思いを募らせた。

昨晩遅く、ペンション内を見回っていたとき、妹のゼミ仲間のひとりが浴室へ向かうのを、離れたところから目撃した。谷川祐作という、いかにも気の弱そうな青年。他の三人が明るかったから、かえって印象に残ったのだ。

何時までという時間制限は設けていなかったし、遅くに入浴するのはべつにかまわない。けれど、その少しあとにかりんも続いたのである。

脱衣所と浴室の掃除は、彼女の仕事だった。お客が入ったとわかったら出直すだろう。

ところが、かりんが戻ってくる気配がない。菜々穂が脱衣所の前まで行ったのは、胸騒ぎを覚えたからだ。

【使用中】の札が下がったドアの外。聞き耳を立てると、中から声が聞こえた。言い争う、というより、かりんが一方的に責めている様子であった。

祐作が何かやらかしたのか。だが、他の男の子たちならいざ知らず、調子に乗ってハメを外すようなタイプではない。もしかしたら、こんな遅くに入浴するなんて非常識だと、注意しているのかもしれない。

だとしたら、かりんのほうに非がある。浴室のお客がいなくなり、部屋がみんな静かになったのを見計らって風呂じまいをするのだから。これは先代の寺脇夫妻が経営していたときからの伝統である。

そのことはかりんにも伝えていたはず。なのに、どうして祐作を責めているのだろう。

気が弱そうだから言いなりになると踏んだのか。仮にお客を差別したのなら、あとで注意しなければならない。

と、一度はかりんを非難する気持ちに傾きかけたものの、菜々穂はすぐに思い直した。

見た目こそ派手でも、彼女は仕事に関しては真面目だ。何事もきちんとやり遂げる。

根は優しくて気立てのいい子であり、人柄を認めて雇ったのだ。よって、お客に理不尽な文句をつけるはずがない。

では、いったい何があったのか。中の様子を窺っていると、浴室のドアが開く音がした。どうやらトラブルは解決したらしい。

にもかかわらず、かりんが出てこなかったのである。先に脱衣所の掃除をしているふうでもない。

そもそも、祐作が風呂に入ったのなら、彼が全裸になるところを彼女は見ていたことになる。

菜々穂は意を決し、恐る恐る脱衣所のドアを開けた。

ぬるくて湿度の高い空気が漂うそこには、誰の姿もなかった。そして、脱衣籠にふたりぶんの衣類があるのを認め、激しく動揺する。祐作とかりんが、一緒に入浴しているのだ。

どうしてそういうことになったのか、丸っきり見当がつかない。ただ、少なくとも祐作が誘ったわけではあるまい。気の弱そうな青年には無理だろう。

だとすると、かりんが？

とにかく、若い男女が素っ裸で密室にいるのだ。何も起こらないほうが奇跡と言える。

菜々穂は足音を忍ばせ、浴室に近づいた。

折戸には磨りガラスタイプの樹脂板が嵌め込まれている。接近しすぎると影が映り、向こうに気づかれる恐れがあった。

距離を置かねばならなかったため、中の様子はわからない。やりとりも声が浴室内に反響して、はっきりと聞き取れなかった。

ただ、淫らな行為が繰り広げられているのは疑いようもなかった。

菜々穂は脱衣所の床にうずくまり、煽情的な呻きや気配から、ふたりがどんなふうにしているのかを想像するしかなかった。その場を離れたのは、達したらしい祐作の、切なげな声を耳にしたあとだった。

自分の部屋に戻ってからも、菜々穂はしばらく放心状態であった。気がつけば秘苑はぐっしょりと濡れており、クロッチの裏地が貼りついて気持ち悪かった。

あれから半日が経ったのに、耳には若者の喘ぎ声が残っている。そのため、今日は朝からあらぬことを考え、ボーッとすることもしばしばだった。

昼食後の今、菜々穂はキッチンで後片付け中である。もう三回ぐらい手をすべらせ、お皿を割りそうになっていた。

一方、かりんは普段と変わらぬ態度であった。朝食や昼食の準備でもてきぱきと働き、手が止まりがちな菜々穂のフォローもしてくれた。

そうやって何事もなかったかのように振る舞われると、こっそり盗み聞きをした自分がひどくいやらしい人間に思える。また、彼女が少しも後ろめたさを感じさせないものだから、

（もしかしたら、わたしは夢を見ていたのかも）

そんな気分にも苛まれた。ペンション内でお客と淫らなことをしたのに、涼しい顔をしていられるはずがないと。

しかし、あれは紛れもなく現実だった。

浴室で何をしていたのか、どうしてそうなったのか、かりんに訊きたくて仕方なかった。なのに、喉まで出かかった質問を呑み込んだのは、菜々穂のほうが自己嫌悪に苛まれ、後ろめたかったからである。

昨夜、部屋に戻ってから、菜々穂はオナニーをした。

蜜汁でトロトロになった秘苑に指を這わせ、声を圧し殺して昇りつめた。いつもは一度イッたら終わりなのに、三度目のオルガスムスでようやく満足したので

ある。

そのくせ朝起きたら、またもパンティの内側は粘っこい愛液でヌメっていた。

朝食の支度があったため、さすがにオナニーは諦めた。モヤモヤしてしまうのは、欲望がくすぶった状態で過ごしているせいかもしれない。

（これじゃ淫乱みたいじゃない）

夫と離れ、夜の営みから遠ざかっているのは事実である。ここへ来てまだ半年ぐらいなのに、三十二歳の熟れた肉体を持て余し気味だった。

だからこそ、一日置きぐらいの頻度で自慰をしていた。そのため、いやらしい声を聞かされただけでたまらなくなったのか。

そこまで考えて、菜々穂はふと気がついた。かりんも自分と同じなのではないかと。

（かりんちゃん、今は彼氏がいないって言ってたわよね）

ペンションにはほぼ住み込みで働いているし、休みのときも実家で寝ているだけと、前に話してくれた。よって、男断ちをしているも同然だ。

ならば、与し易そうな大学生に手を出して、ひとときの快楽で満足を得たくなっても無理はない。

（かりんちゃんも欲求不満なのかも）

だが、かりん「も」ということは、自分もそうだということになる。そのことに気がついて、菜々穂はかぶりを振った。

（わたしは欲求不満なんかじゃ――）

ないと言い切れないのが悩ましい。他人の行為に刺激され、自らの指で慰めるようでは、かなり重症とも言える。

こんなことで、今後もペンションを経営していけるのだろうか。不安を覚えたとき、玄関のほうが騒がしくなった。

（え、なに？）

手を止めてそちらに注意を向けたところで、掃除をしていたはずのかりんがキッチンに飛び込んできた。

「菜々穂さん、怪我人です！」

かなり焦った様子で報告する。

「え、怪我人⁉」

菜々穂は驚き、蒼（あお）ざめた。

怪我をしたのは祐作だった。仲間四人でペンションの周りを散策していたとき、窪みに足を取られて捻ったという。

痛みはあっても激痛というほどではなく、骨折はしていないようだ。おそらく捻挫だろう。

救急車を呼ぶか、車でふもとの病院に運ぶことも考えたが、祐作がそれは大袈裟(おおげさ)すぎると同意しなかった。しばらく休めば良くなるとも言ったので、とりあえず湿布をして様子を見ることになった。

「みんなといっしょの部屋だと安静にできないだろうし、別のところで休んだほうがいいわね」

菜々穂の提案に本人がうなずき、仲間たちもそれがいいと賛成する。ちょうど二人部屋がひとつ空いたところだったので、そこを使うことにした。

ベッドに寝かせて湿布を貼ってあげると、祐作は「すみません」と恐縮した。妹と同学年なのに、やけに頼りなく映る。まあ、怪我人だからしょうがないのか。弟がいたらこんな感じかもと思った。

彼はTシャツにハーフパンツという軽装だ。高原の避暑地でも、今日みたいに天気がいいと汗ばむぐらいには暑くなる。

散策をして汗をかいたのだろう、彼から若い牡の匂いがした。決して不快ではなく、むしろ甘美な懐かしさを覚える。学生時代に付き合った男の体臭も、こんなふうではなかったか。

悩ましさが強まり、菜々穂は落ち着かなくなった。男子学生の剝き身の肌、太腿や二の腕をついチラ見してしまう。

（ちょっと、どうしたのよ）

自らを叱りつけても、内から湧き出すものを抑えきれなかった。

若い男の客なんて珍しくないし、ごく普通に接していた。中には、年上の自分に憧れめいた視線を向けてくる者もいたが、大人らしく気を持たせないよう応対したのである。

そういう冷静さを、今はすっかり失っていた。

やはり昨夜の件が影響を及ぼしていたのか。目の前に横たわる青年が、ペンションで従業員と淫らな行為に耽ったと考えるだけで心が乱れた。

とは言え、胸を衝きあげるのは昂りのみではなかった。ここは先代から受け継いだ大切なペンションであり、神聖な職場でもある。菜々穂自身の思い出もたくさんあった。

その大切な場所を穢されたと、苛立ちも覚えたのだ。

「あの……どうかしましたか？」

怖ず怖ずと訊ねられて我に返る。

祐作が怯えた目でこちらを見あげていた。知らないうちに顔つきが険しくなっていたらしい。怪我をして迷惑をかけたせいだと、彼が罪悪感に駆られているのも窺えた。

途端に、嗜虐的な衝動がふくれあがる。迷子の仔犬みたいにオドオドした青年を、無性に責め立てたくなった。

「ねえ、ゆうべ、お風呂場で何をしていたの？」

問いかけに、祐作の顔色が変わった。

「な、何って？」

明らかに狼狽している。目を落ち着かなく泳がせ、泣きそうに顔を歪めた。後ろめたいことがある証拠だ。

「かりんちゃんといやらしいことをしてたわね」

質問ではなく、断定の口調で問い詰める。キッと睨みつけると、彼はあっ気なく陥落した。

「……ごめんなさい」

目に涙を浮かべて謝罪する。羞恥にもまみれているようで、頬が真っ赤になっていた。

そんないたいけな反応にも、苛めたいという凶悪な欲求がふくれあがる。

年下の男を相手に、こんなにも激しい情動を抱くのは初めてだ。いや、誰に対してもなかった。

「どうしてあんなことをしたの？」

経緯を訊ねても、祐作はすぐに答えなかった。頬の赤みがいっそう顕著になったところを見ると、かなり恥ずかしい理由なのか。

「ひょっとして、君がかりんちゃんを誘ったの？」

「ち、違います」

焦って否定され、そうだろうなと納得できた。年上の女をどうこうする度胸などあるまい。

「じゃあ、かりんちゃんのほうが誘ったの？」

「誘うって……えと、そういうのとは違くて」

「だったら何？　さっさと答えなさい」

躊躇する青年の腿をぴしゃりと叩く。そんなに強くしたつもりはなかったが、彼は顔をしかめて「あうっ」と呻いた。手を出されて、誤魔化しきれないと諦めたようである。

「あの――」

途切れ途切れの告白は、菜々穂の想像を超えていた。

（こんな真面目そうな子が、汚れ物の下着でオナニーをしたっていうの？）

男なら、女性の衣類に興味を持っても不思議ではない。まして、性欲の有り余る若い子なら尚のこと。

ただ、そういう欲望にまみれた行いは、祐作のキャラクターにそぐわない気がしたのだ。

きっかけを作ったのは彼でも、すべてはかりんが仕組んだことではないのか。菜々穂は元より、そう考えていた。男が欲しくなって、純情な男子学生を罠にかけたのだと。

（そう言えば、和々葉がゆうべ、お風呂上がりに言ってたわ。かりんちゃんといっしょに入ったって。そのときに、祐作君がまだ入浴していないことを聞いて、わざと下着を脱衣所に残したのかもしれないわね）

より確実に獲物を捕らえるために、シャワーではなく風呂を勧めるよう、和々葉にアドバイスした可能性もある。

だが、仮にそうだったとしても、菜々穂はかりんを責める気になれなかった。男がいない寂しさとつらさが理解できるからだ。

そして、だったら自分もという心境に陥りかける。

（ダメよ。何を考えているの？）

そんなことは許されないと、理性が訴える。夫を裏切ることにもなるのだ。ペンションを経営したいという菜々穂の望みを理解して、一緒にやろうとも言ってくれた優しいひと。今は東京と信州で離れていても、心は通じていると堅く信じている。

にもかかわらず、他の男を求めるなんて。

「じゃあ、かりんちゃんと最後までしたのね？」

募る欲望を抑えるために、わざと粗雑な言葉遣いをする。祐作を突き放そうとしたのである。

「え、最後まで？」

「だから、セックス」

ストレートな言葉を口にすると、青年がうろたえた。

「し、してません」

「じゃあ、何をしたっていうの?」

「あの……手で」

祐作が消え入りそうな声で答える。悩ましげに眉根(まゆね)を寄せたのは、そのときの快感を思い出したためではないのか。

「手でシコシコされて、アレを出しちゃったの?」

「……はい」

「本当にそれだけ?」

さらに問い詰めると、彼は泣きそうな顔になった。

「あと、口でも」

観念して答える。フェラチオをされたのだと、すぐさま理解した。

(かりんちゃん、この子のをおしゃぶりしたの?)

オーラルセックスは、普通の交わり以上に淫らな印象が強い。まして、身近にいる人間がそんなことをしたというのは、なかなか信じ難かった。

たとえ、自分は夫にお口で奉仕していたとしても。

　これからは、かりんの顔がまともに見られなくなるのではないか。唇を目にしたら、そこに肉色の生々しい器官が突き立てられている場面を想像してしまいそうである。

　一方で、男女の関係になったわけではないと知り、菜々穂は安堵もしていた。

（そうすると、この子はまだ――）

　成人していても、気が弱くておとなしそうだ。ペニスをしゃぶられたのに、それ以上進展しなかったのは、自分からセックスを求められなかったためではないのか。

　彼はきっと童貞なのだと確信する。だったら自分が女を教えてあげたいと、かつて覚えたことのない欲求がこみあげた。

　そもそも菜々穂は、年下の男と関係を持ったことがない。学生時代の彼氏は一学年先輩だったし、夫も五歳上だ。

　また、過去に心惹かれた異性も、先輩や先生など年上ばかり。付き合った人数こそ少ないが、年下は頼りなくて恋愛の対象にならないと思っていた。

　なのに、ひと回りも違う男子学生に、どうしてこんなにもときめくのだろう。

「あの……」

祐作が戸惑いを浮かべてこちらを見あげる。年上の女が急に黙りこくったものだから、不安を覚えたらしい。

そのとき、何気に彼の下半身へ視線を向けた菜々穂はドキッとした。ハーフパンツの股間が、こんもり盛りあがっているかに見えたのである。

たまたま布地がそんなふうなかたちになっていたのか。それとも、内側のモノが膨張していたのか。

すぐさまわかったわけではないが、性的な話題を交わした直後である。浴室で不埒な行為に及ぶような若者が、そのときのことを思い出して、ペニスを充血させても不思議ではない。

「あなた、本当に反省してるの？」

厳しい口調で問いかけたのは、本当に勃起していたら許せないと思ったからだ。ひとの気も知らないで欲望をあらわにするなんてと、懊悩の反動から苛立ったのである。

「え？」

「そこ、大きくなってるじゃない」

股間を指差すと、祐作が激しく動揺する。昂奮している自覚はなかったようながら、やはりエレクトしていたのだ。

「あ、あの、これは――」

焦って隆起を隠そうとした手を、菜々穂は反射的に払いのけた。代わりに、自らその部分を握る。

「ああっ」

青年が声を上げ、背中を浮かせてのけ反った。

ハーフパンツは薄手で、中にあるものの感触がはっきりとわかる。間違いなく膨張していた。

しかも、揉むように指を動かすことで、さらなる力を漲らせる。

「あ、あ、駄目です」

祐作は腰をよじって逃れようとした。けれど、文字通りに急所を握られた状態では、どうすることもできなかったろう。

「やっぱり大きくなってるじゃない」

憤慨の面持ちはそのままでも、菜々穂は内心、狼狽していたのである。

（どうしよう。さわっちゃった）

すぐに手を離せば、何とか誤魔化せたかもしれない。けれど、久しぶりに味わう牡の逞しい脈打ちに引き込まれ、タイミングを逸してしまった。

そのため、進まざるを得なくなる。

「かりんちゃんに気持ちよくしてもらったのを思い出して、ここが反応しちゃったの？」

問いかけに、彼は涙目で口を引き結んだ。事実その通りだから、否定できないのだ。

「いやらしい子ね。まったく」

などと咎める菜々穂自身が、いやらしいことをしているのである。非難できる立場ではない。

祐作は快さに息をはずませるのみで、完全に無抵抗だった。それをいいことに、菜々穂は股間の手をはずすと、ハーフパンツの腰ゴムに両手をかけた。

「おしりを上げなさい」

素直に従った青年の、ハーフパンツとブリーフをまとめてずり下げる。

「ああ」

観念した嘆き声とともに、牡のシンボルがあらわになった。

ぐんっ——。

押さえつけるものがなくなり、いっそう伸びあがったかに映る若いペニス。最初の彼氏や夫のモノと、大きさはそれほど変わらないようだ。

ただ、色素の沈着が目立たず、真新しい感じである。

そこからたち昇るのは、蒸れた青くささ。男の匂いをまともに嗅いで、頭がクラクラする。

（たまんない……）

菜々穂は躊躇なく、剝き身の秘茎（ひけい）を握った。

2

まったくついてない。祐作は胸の内で嘆いた。好きな女の子の前でみっともなく転んだばかりか、足を捻挫してしまうなんて。

昨晩、絶頂後の心地よい疲れにまみれて寝つく前は、気持ちが舞いあがっていたのである。童貞卒業こそ叶わなかったが、初めて異性と親密にふれあい、二度も射精に導かれたのだ。

男としての自信もいくらかついた。何しろ、かりんをイカせたのだから。今後は女性の前でも、もっと堂々と振る舞えると思った。

ところが、翌朝和々葉と対面したとき、祐作はこれまでと変わらず、正面から顔が見られなかった。話しかけられても言葉少なに応じるだけで、むしろこれまで以上にオドオドしていたかもしれない。

後ろめたさがあったのは確かだ。脱衣所に忘れてあった下着の匂いを嗅ぐという、破廉恥な振る舞いをしたのだから。あれがきっかけで甘美な体験ができたにせよ、かりんにすべてバラされたらどうしようと危惧するところもあった。

さらに、好きでもない異性と快楽を貪ったことへの、自己嫌悪も拭い去れなかった。一夜明けて冷静になると、自分が薄汚いケダモノのようにも感じられたのである。

そのせいでぼんやりしてしまい、散策中に窪地に足を取られたのだ。

美しい女性オーナー、菜々穂に手当てしてもらえたのは幸運だった。好きな子のお姉さんに優しくされて、多少なりとも慰められた気がした。

けれど、間を置かずに急転直下の地獄を味わう。まさか彼女に昨夜の淫行を責められるとは思わなかった。

これはきっと罰なのだ。祐作は罪悪感に駆られ、自らを責めた。

やはりあんなことをすべきではなかったのである。そもそも、残されていた下着に手を出した自分が悪い。

罪の意識があったから、問われるまま事実を菜々穂に打ち明けた。オナニーをしたことまで知られるのは、死んでしまいたいほど恥ずかしかったが、すべて自分が蒔いた種である。

そんなふうに自分を責めたものだから、どうして彼女が知っているのかと、深く考えもしなかった。ペンションの主人だからバレて当然と、そんな心境にもなっていた。

ただ、さすがに和々葉のパンティと間違えたとは言えなかった。そんなことを、彼女の姉である菜々穂に知られるわけにはいかない。妹が性の捌け口にされるのではないかと、心配するに決まっているからだ。

もっとも、これで和々葉とは一生付き合えまい。仮に告白してOKがもらえても、菜々穂が反対するだろう。女性の下着に悪戯をする変態には、妹を任せられないと。

最悪、その件をバラされる恐れもある。

祐作は絶望し、激しく落ち込んだ。にもかかわらず、告白したことでかりんとの淫靡なひとときが蘇り、知らぬ間に勃起するなんて。

そこを菜々穂に見咎められ、あろうことか、欲望のシンボルを直に握られてしまった。

「こんなに硬くして、何を考えているの？」

責められても、弁明の言葉など出てこない。しっとりと包み込まれるような感触が気持ちよすぎて、余裕がなかったのだ。

「だ、駄目です。本当に」

腰をよじって抗(あらが)っても、しなやかな指ははずされない。

「駄目じゃないでしょ。オチンチンを大きくしてるってことは、こうやって気持ちよくされたいんじゃない」

握り手が上下に動き出す。快感が爆発的に高まって、両脚が自然と曲げ伸ばしされる。捻挫の痛みなど、どこかに行ってしまったみたいだ。

「うあ、あ、あっ、ううう」

堪(こら)えようもなく声が洩れる。早くもこみ上げてきた悦楽(えつらく)のトロミが、外に出たいと暴れているのがわかった。

（僕、菜々穂さんにペニスをしごかれてる――）

どうしてこんなことになったのか、ここに至る経緯を思い返しても、必然的な理由など見当たらない。まさに青天の霹靂とも言える展開だ。

そのため、とても現実のこととは思えなかった。

「すごく硬いわ」

悩まし気に眉をひそめる美女には夫がいる。つまり人妻だ。これは謂わば、不貞の行為と言える。

いかにも奔放そうなかりんならいざ知らず、菜々穂までこんなことをするなんて。優しくて清楚な大人の女性というのが第一印象だったし、平気で牡の性器を愛撫するとはとても信じられない。

だが、容赦なく募る快感が、これが本当だと教えてくれる。鈴口からこぼれた先走りが上下する包皮に巻き込まれ、クチュクチュと音を立てるのも聞こえた。

(うう、本当にヤバい)

このままでは遠からずオルガスムスを迎えてしまう。

遊び人のかりんに射精を見られるのは、まだよかった。菜々穂の目の前でだらしなく昇りつめ、青くさい体液をびゅるびゅるとほとばしらせるなんて、これ以上に居たたまれないことがあるだろうか。二度と顔を見られない気がしたし、和々葉に対しても気まずい。

（お姉さんにこんなことをされたのを知られたら、和々葉ちゃんに嫌われちゃうよ）

イカせてもらいたいのはやまやまながら、ここはやめてもらうしかない。手にした張り棒を淫らな施しをする年上の女を見あげ、祐作はドキッとした。

じっと見つめる眼差しから、いつの間にかさっきの厳しさが消えている。そればかりか、表情も色っぽく蕩けた感じだ。

（え、どうして？）

お仕置きとして辱めを受けていると思っていたのに。これでは菜々穂もかりんと同じで、最初からいやらしいことがしたかったみたいではないか。

いや、さすがにそんなことはあるまい。祐作は内心でかぶりを振った。彼女はただ、悩ましさを覚えているだけなのだ。

（菜々穂さん、旦那さんと離れて暮らしてるんだものな）

夫とふれあえない寂しさもあって、ついやり過ぎたとも考えられる。

生々しい欲望に駆られてだと考えなかったのは、淑やかな大人の女性という印象が、今も変わっていなかったからだ。行きがかり上こうなったと、好意的に捉えていたのである。

よって、最後まで導かないはず。

《はい、おしまい》

彼女がそう言って勃起から手を離すのを、祐作は待ち望んだ。イカせるつもりがないのなら、粗相をして洩らすわけにはいかないと、懸命に理性を奮い立たせながら。

しかし、予想は覆された。

「ほら、さっさと出しちゃいなさい」

信じ難い言葉が耳に飛び込んできたものだから、祐作は焦った。

(え、それじゃ――)

このまま射精させるつもりなのか。実際、迷いを吹っ切ったみたいに、手の動きがリズミカルになった。

「あ、あ、あ」

意志とは関係なく声がはずむ。祐作は頭を左右に振り、息づかいをハッハッと荒ぶらせた。

「駄目です。本当に出ちゃいます」

切羽詰まった訴えにも、人妻は耳を貸さなかった。それどころか、反対の手を牡の急所に添え、すりすりと優しく撫でたのである。

「あああっ！」

祐作はのけ反り、総身(そうみ)をワナワナと震わせた。歓喜の痺(しび)れが手足の隅々にまで行き渡り、抵抗する意志を奪ってゆく。

（キンタマって、こんなに気持ちいいのか）

かりんにしごかれたときも、急所への愛撫が射精の引き金になった。普段のオナニーでは触れないところだから、性感帯だという意識はなかったのに。

もっとも、自分でさわってもここまで快くはなるまい。女性の柔らかな手でさすられるから、たまらなく気持ちいいのである。

「大きな声を出さないで。誰かに聞かれたらどうするのよ」

叱られて、口を引き結ぶ。けれど、甘美な奉仕は続いており、ふんふんとこぼれる鼻息は止められなかった。

（だけど……どうして？）

菜々穂の意図が摑めない。

最初から年下の男を弄(もてあそ)ぶつもりなどなかったはず。捻挫した足を、ちゃんと手当てしてくれたのだから。

では、いったいどの段階で、気持ちがいやらしいほうに向いたというのか。

（菜々穂さん、かりんさんとのことを知ってたんだよな）

注意しなければと、その機会を窺っていたのかもしれない。ところが、祐作が反省とは真逆の反応――勃起――を示したものだから、つい手が出てしまったのではないか。

そのため後戻りできなくなったというのが、妥当な解釈であろう。

（やっぱり僕が悪いんだ）

ペニスを大きくしなければ、こんなことにはならなかったのだ。

未だ童貞だというのに、二日続けて年上の女性から手コキをされている。鮮烈な体験ゆえ、比較せずにいられない。

（菜々穂さんの手、すごく気持ちいい……）

かりんにされたのも、もちろんよかった。事実、長く持たずにザーメンを放ったのである。

ただ、何もかも初めてだったために、与えられる悦びをじっくり味わうゆとりはなかった。今は二回目で、しかもベッドに寝ている。昨日よりは余裕があった。

菜々穂に握られた瞬間から、祐作はうっとり気分にひたった。手指の柔らかさが抜群で、肉茎全体を包み込まれる感じを味わったのだ。実際はちんまりした手から、分身の半分近くがはみ出していたのに。

今も手が上下する度に、腰がビクンとわななく。握り方は強くないし、動きも緩やかだ。

なのに、目がくらむほどの愉悦を与えられている。さっきまでのためらいは、もはや風前の灯火であった。

(もういいや。菜々穂さんが出しなさいって言ってるんだから)

悦楽の流れに身を委ねようと決めるなり、不思議と落ち着いた気分になった。今の状況を、客観的に受け止めることが可能となる。

もちろん、性感は確実に頂上へと向かっている。摩擦される肉根も、揉み撫でられる陰囊も、溶けて流れ落ちそうな快さにまみれていた。

(なんでこんなに上手なんだろう……)

菜々穂は真面目そうだし、男遊びなどしなかったであろう。かりんより年上でも、経験人数では遠く及ばないのではないか。

にもかかわらず、こんなにも感じさせられるのは、すべてを受け入れてくれる包容力があるからだ。そのため、安心して任せられるし、ゆったりした気分で快感にひたれる。

これは、彼女が人妻であることとも無縁ではあるまい。成熟した大人のゆとりが、手の動きにも表れている気がする。

(旦那さんにも数え切れないぐらい、同じことをしてあげたんだよな)

手の愛撫だけでなく、フェラチオもするのだろう。もちろんセックスも。

そんなことを考えると妬ましくなるが、今は恩恵を受けられるだけでも良しとするべきだ。

「ああ、あ、もう」

限界が迫っていることを、祐作は震える声で告げた。すると、菜々穂が小さくうなずく。

ペニスは無理をしたらポキッと折れそうなほど硬化していたし、脈打ちも著しい。終末が近いと、彼女もわかっていたであろう。

屹立を摩擦する動きが大きくなる。カウパー腺液でヌルヌルになった亀頭が、柔らかな指の側面で直にこすられた。

(ああ、よすぎる)

睾丸もフクロの中で巧みに転がされ、切なさを極限まで高めた気持ちよさに目がくらんだ。

そのため、十秒と堪えられずに絶頂する。

「な、菜々穂さん、いく――で、出ます」

下の名前で呼びかけたのは、親しみの表れであった。ここまでしてもらったのなら、もはや他人行儀にする必要はない。

「いいわ。出して」

彼女が励ますように言い、手を休みなく動かす。屹立を摩擦する音も大きくなった。

（あ、いく）

めくるめく瞬間を捉え、祐作は尻を浮かせた。Tシャツをたくし上げたのは、飛び散ったザーメンで汚さないためであった。

「ううう、う、ああっ」

歓喜の呻きに続き、熱い滾りがペニスの中心を貫く。

びゅるッ――。

第一陣の白濁は、かなりの高さまで舞いあがった。

「やん」

小さな声を洩らしつつも、男を悦ばせる術を心得た人妻は、しごく手を休めなかった。あたかも精子を吸い取るポンプのごとく、玉袋も揉み続ける。

おかげで、オルガスムスは長く続いた。

(ああ、こんなのって)

まるで全身のエキスを搾り取られるみたいだ。

「菜々穂さん、よすぎます」

祐作は涙声になっていた。あまりの気持ちよさに感激していたのだ。

とは言え、射精は永遠には続かない。快感も程なく下降線を辿る。

最後の雫を鈴口から溢れさせた祐作が、両手両足をベッドに投げ出したところで、手の上下運動が止まった。しかし、すぐには離さず、名残惜しむように揉んでくれる。

「くはっ、ハッ、はぁ……」

喘ぎの固まりを喉から吐き出し、気怠い余韻にひたる。腹に落ちたザーメンが、徐々に冷えてひんやりした。

それでも、射精したあとの気まずい感じは湧いてこない。実に豊かな心持ちであった。

(菜々穂さんがここまでしてくれたんだ。和々葉ちゃんとだって、きっとうまくいくさ)

さしたる根拠もなくこじつけたところで、軟らかくなりつつある秘茎から指がはずされる。もっとさわっていてほしいのにと、未練がましく視線を向けたところで、菜々穂がすっくと立ちあがった。

「いつまでノビてるのよ」

厳しい声をかけられ、大いに戸惑う。

彼女はティッシュのボックスを拾いあげると、穢らわしいものみたいに放って寄越した。表情も強ばっている。

「自分が出したものは、自分で始末しなさい」

眉をひそめて命じると、そそくさと部屋を出ていく。乱暴にドアを閉められ、祐作は啞然となった。

(……え、どういうこと?)

てっきり、後始末もしてくれるものだと思っていたのに。

半身を起こし、薄紙で自身の体液を拭いながら、祐作はひどく落ち込んだ。最高の悦びと充実感のあとで、落差が激しかったせいもあったろう。漂う青くさい残り香に、惨めな気分も募った。

ティッシュをゴミ箱に捨て、着衣も整えて横になる。

祐作は、改めて菜々穂のことを考えた。終わったあと、どうして態度が急変したのかと。

（たぶん、恥ずかしくなったんだな）

最初から意図したわけではなく、成り行きでこういうことになったのだ。我に返り、何てことをしてしまったのかと悔やんでも不思議はない。

それに彼女は人妻だ。セックスこそしなくても、夫を裏切ったわけである。罪悪感にも囚われるだろう。あるいは今だけでなく、今後しばらくのあいだ、後悔し続けるのではないか。

（菜々穂さんがつらい思いをするのだとしたら、僕のせいだ）

祐作は自分を責めた。エレクトなどしなければ、こんな展開にならなかったのだから。

捻挫した足が、今さらズキズキしてくる。快感に身悶えるあいだに捻ってしまったらしい。やはり調子に乗りすぎたのだ。

（駄目だな、僕は……）

女性経験が乏しいから臆してしまい、毅然とした態度がとれなかった。男として、もっとしっかりしなければならないのに。

反省しながらも、射精疲れもあって眠気に襲われる。瞼を閉じて一分も経たずに、祐作は深い眠りに落ちた。

3

捻挫の影響もあったのか、祐作は夕方から高熱を出した。射精して汗をかいたのに、何も掛けずに寝てしまい、からだが冷えたせいもあるのだろう。

（やっぱり罰が当たったんだ）

ぼんやりする頭で、祐作は自省の念に駆られた。

夕食前、和々葉が部屋に来て、「だいじょうぶ？」と声をかけてくれたのは嬉しかった。けれど、せっかくのゼミ旅行で怪我をしたり熱を出したりと、迷惑のかけ通しなのだ。こっちは気にせずに楽しんでと、なるべく明るい声で答えた。

その少しあとで、かりんが夕食を持ってきた。少しでも食べられるようにと、菜々穂がお粥を作ったという。

優しさに感謝しつつ、菜々穂が自分で持ってこなかったのは、やっぱり気まずいからだなと思った。かりんのほうは、前の晩のことなどすっかり忘れたみたいに、自然に振る舞っていたのに。

食欲はなかったが、せめてもとお粥はすべて平らげ、おかずも半分は食べた。とにかく早く良くならなければと、祐作はもらった解熱剤を飲んで眠った。

目を覚ましたのは夜中であった。

一時は三十八度を超えたものの、どうやら平熱まで下がったらしい。からだの怠さがなくなっているし、頭もはっきりしていた。

（薬が効いたのかな）

そもそも発熱自体が、重篤（じゅうとく）なものではなかったのかもしれない。菜々穂のことで思い悩んだあとゆえ、知恵熱みたいなものだったとか。

（って、小さい子供じゃないんだから）

自分がほとほと嫌になる。そんなふうにガキっぽいから、未だに恋人もつくれないのだ。

とにかく、良くなったことを報告しに行くべきだろうと、からだを起こしかける。そのとき、部屋のドアが開いた。

「あれ、起きてたの」

かりんだった。タンクトップにショートパンツという軽装で、手にプラスチックのタライを抱えている。

「ああ、はい。今起きたところです」

「熱は？」

「下がりました」

「ホントに？」

彼女がベッドのそばに歩み寄る。床に置いたタライから、かすかに湯気が立った。お湯が入っているようで、タオルもひたされている。

「どれどれ」

かりんが顔を真上から覗き込んでくる。はらりと垂れた金髪が頬をくすぐり、祐作は反射的に顔を背けようとした。

ところが、彼女が両手で頬を挟む。しっかり固定されたところで、日に焼けた美貌（びぼう）がアップで迫ってきた。

（え？）

驚いて瞼を閉じる。キスをされるのかと思った。

しかし、そうではなく、おでこ同士をくっつけただけであった。

「ああ、うん。平熱だね」

言われるなり、かぐわしい吐息が口許にかかる。それこそ唇がふれあうぐらいに接近していたのだ。

かりんが離れたのがわかったので、祐作は目を開けた。まだ心臓が高鳴っており、頬も熱い。

すると、年上のギャルが目を細め、クスッと笑う。

「キスされると思った？」

図星だったから、目を泳がせて「ち、違います」と否定する。けれど、バレバレであったろう。

「ヘンな期待しちゃダメだかんね。あたしはからだを拭きに来ただけなんだし」

釘を刺され、祐作は肩をすぼめた。

（べつに期待なんて……）

そもそも、かりんが顔を近づけてきたから、うろたえてしまったのだ。自分のせいではない。

さりとて、そんな言い訳は口にできなかった。キスを期待したと認めることになるからだ。

「ほら、起きなよ」

手を引っ張られ、ベッドに半身を起こす。捻挫したところも、痛みはほとんどなかった。

「脱いで、Tシャツ」

命じられて躊躇したのは、恥ずかしかったからではない。たしかに肌は汗でベタついていた。けれど熱は下がったし、足も何ともないようだ。シャワーぐらい浴びられると思ったのである。

だが、わざわざお湯まで用意してくれたのに、断るのは心苦しい。

「ほら、早く。菜々穂さんに頼まれたのに、ちゃんとやらなかったらあたしが叱られるんだって」

かりんが急かす。祐作はドキッとした。

(え、菜々穂さんが？)

名前を聞いて咄嗟に思い出したのは、彼女にしごかれて射精したことだった。もしかしたら、精液で汚れた腹部や股間を清めるために、からだを拭く必要があると考えたのか。

だったらひと任せにせず、菜々穂が来てくれればいいのに。正直不満だったが、あんなことのあとで顔を合わせづらいのも理解できた。

ただ、かりんにさせるのはどうなのだろう。

(僕とかりんさんがいやらしいことをしたって、菜々穂さんは知っているはずなのに……)

わざわざふたりっきりにさせるなんて、いったい何を考えているのか。

もっとも、すでに祐作は注意を受けている。かりんのほうも、菜々穂に叱られて反省したのだとすれば、要は信頼してくれているわけだ。

ならば、それに応えねばならない。

Tシャツに手をかけると、タライにひたしてあったタオルを、かりんが絞る。

「背中をこっち」

言われたとおりにすると、濡れタオルで肩から背中に向かって拭かれる。

「ああ……」

気持ちよくて、たまらず声が洩れてしまう。タオルのザラッとした感触と、ぬるめの温度も心地よかった。

入院した経験はないから、誰かにからだを拭かれるなんて初めてだ。まして女性にしてもらえるなんて。

「キモチいい？」

妙に優しい問いかけにも、「はい、すごく」と素直に答える。タオルを持っていないほうの手が肩に置かれて、それもムズムズする快さをもたらした。

背中を拭い終えてタオルを洗うと、

「こっち向いて」

かりんが次の指示を出す。今や安心して身を任せる心地になっていた祐作は、ためらいもなく彼女に向き直った。

（ちょっと恥ずかしいかも）

これだと顔をまともに見られてしまう。ただ、タオルを使うかりんはからだに視線を向けており、目が合わないのは幸いだった。

上半身の前面が終わると、腕から指先も丁寧に清められる。このままずっと奉仕されたかったが、いよいよ終わりだ。

「ありがとうございました。あとは自分でやります」

再び洗われたタオルに手をのばそうとすると、邪険に払いのけられた。

「病人はおとなしくしてな」

その言葉で、まだ終わりではないのだと悟(さと)る。そうすると、脚のほうもしてくれるというのか。

そこまで甘えるのは心苦しく、断ろうとした祐作であったが、

「下も脱ぐんだよ」

かりんの言葉で、予想がはずれたことを知る。

「え、下って——」

「一番くさくて汚いところをやらなくちゃ意味ないじゃん」

それがどこなのかなんて、確認するまでもなかった。

「そこは、じ、自分でやります」

彼女に任せたらまずいことになる。そのぐらいは祐作にも察しがついた。

しかし、別の意志も働いていることを伝えられ、断れなくなる。

「これはあたしの仕事なんだからさ。菜々穂さんに、全部キレイにしなさいって言われたの」

祐作は言葉を失った。

(菜々穂さんがそんなことを?)

浴室での淫らな行為を咎めておきながら、どうして過(あやま)ちを引き起こしかねない

ことをさせるのだろう。

「脱がないなら、あたしが脱がせてもいいんだよ」

かりんがハーフパンツに手をかける。祐作が抵抗しようとすると、思わせぶりな笑みが向けられた。

「恥ずかしがらなくてもいいじゃん。あたしとあんたの仲なんだから」

それは明らかに、昨晩の件を蒸し返しているのだ。

抗う意志を無くし、祐作は好きにさせることにした。ハーフパンツとブリーフをまとめて奪われ、素っ裸になる。

むわん——。

股間から、蒸れた牡の匂いがたち昇った。

(ひょっとして、菜々穂さんは僕たちに試練を与えてるんだろうか)

ふとそんなことを考える。どんな状況になっても欲望に流されず、毅然と振る舞うよう求めているのだとか。

「ほら、やっぱりくさいじゃん」

かりんが顔をしかめる。傷みかけた海産物にも似た悪臭を嗅いだのだ。

(だったら綺麗にしてもらえばいいや)

非難されたことで開き直る。何があってもヘンな気は起こさないぞと、売られた喧嘩を買うみたいな心境になっていた。

実際、ただ股間を拭われるあいだは、冷静でいられたのである。

タオル越しに触れられるだけだったので、指の感触を意識せずに済んだ。包皮を剝かれ、敏感なくびれをこすられたのには腰を震わせてしまったが、どうにか堪えた。

これなら大丈夫かと安堵したところで、かりんがタオルをはずす。

(やっと終わった……)

胸を撫で下ろし、緊張を解く。だが、それは早合点であった。

「四つん這いになっておしりを向けな」

羞恥プレイとしか思えない命令に、祐作は耳を疑った。しかし、

「おしりも拭くんだから、早く」

いちおう理由があったようだ。

(ええい、くそ)

ほとんどヤケ気味に従う。両膝と両肘をベッドにつき、尻を年上の女に差し出すなり、顔から火を噴きそうになった。

（これ、まる見えじゃないか！）

臀裂がぱっくりと割れ、肛門まであらわになっているはず。玉袋の裏側まで晒しているのだ。

「おしりの穴、カワイイ」

含み笑いの報告に、祐作はまさかと焦った。

（かりんさん、ゆうべの仕返しをするつもりなんじゃないか？）

咎められたのも無視して、彼女のアヌスを舐め続けたのだ。そればかりか、指も挿れたのである。あれと同じことをして辱めるために、こんなポーズを取らせたのではないか。

その懸念は、どうやら杞憂だったらしい。かりんは濡れタオルで、尻の谷間を拭った。

「ううう」

呻きがこぼれる。普段触れないところだから、やけに感じてしまった。

ペンションのトイレは洗浄器が完備されている。用を足したあとはちゃんと洗ったから、妙な付着物はないはず。

それでも、他人に排泄口を清められるのは居たたまれない。

ペチン——。

下腹に当たるものを感じて、祐作はうろたえた。いつの間にかエレクトした分身が、反り返って下腹を叩いたのである。

下を脱がされたときも、タオルで拭かれたときも平常状態だった。ということは、四つん這いで尻を向けるという羞恥ポーズに昂奮したのか。あるいは、アヌスをタオルでこすられて感じたとか。

どちらにせよ、まずい状況であることに変わりはない。かりんに見つかったら、間違いなく手を出されるだろう。

今は尻を上から見ているようだから、勃起は視界に入ってはいまい。ならば、今のうちに萎(な)えさせるのが急務だ。

祐作は昂奮状態を解除すべく、ゼミのレポートの構想を練ってみた。ところが、尻の谷間をこすられるたびに、イチモツがビクンビクンとしゃくり上げる。とてもおとなしくなりそうにない。

これはまずいと眉間にシワを刻んだ直後、股間から侵入した手が強ばりを握った。

「あうっ」

不意を衝かれ、だらしなく呻いてしまう。

「ギンギンじゃん」

かりんの声。情けなくてたまらないのに、その部分がいっそう力を漲らせたのがわかった。

「ここ、さっきからボッキしてたよね。ひょっとして、おしりの穴を刺激されて感じた？」

アクセントは疑問形でも、こうなるとわかっていたかのような口振り。やっぱり仕返しなのだと、祐作は悟った。

（自分がおしりの穴を悪戯されて感じたから、同じ目に遭わせるつもりなんだ）

ひょっとして指を挿れられるのかと危ぶんだものの、そうはならなかった。

「横になっていいよ」

強ばりの手がはずされてホッとする。かりんのほうも菜々穂に注意されて、いやらしいことはしないと決めたのではないか。

そう思ったのに、祐作が仰向けで寝そべるなり、再び牡器官に指を回したのである。

「すごいね。熱を出したあととは思えないぐらいに硬い」

ゆるゆるとしごかれて、自然と腰がくねる。歯を食い縛って呻いても、彼女は涼しい顔をしていた。

「だ、駄目ですよ、かりんさん」

注意してもまったく聞き入れない。

「どうして？　大きくなったオチンチンを見たらさわりたくなるのが、女っていう生き物なんだから」

そんな道理は聞いたことがない。

もっとも、かりんだけでなく、菜々穂もそうだったのだ。数少ない経験からも、確かにその通りだと納得せざるを得ない。

（いや、どっちもたまたまそうなっただけで——）

常識と現実の狭間で混乱しかけたとき、

「エッチしたい？」

唐突な質問に、心臓がバクンと大きな音を立てた。

（え？）

からかわれているのかと見あげれば、かりんはいたって真剣な面持ちであった。さらに、

「童貞を切りたいのなら、あたしがさせてあげるけど」

より具体的な提案をされて、どう反応すればいいのかわからなくなる。

「あ……えと、あの――」

うろたえて、返答にもならない言葉を口からこぼす。すると、彼女の顔つきが険しくなった。

「あたしなんかとしたくないってワケ⁉」

怒気を孕んだ詰問に、祐作は首を横に振った。

「そ、そんなことないです」

「したいの？　したくないの？　どっち⁉」

「したいです！」

畳みかけられ、つい本音を口にしてしまう。すると、かりんが一転、上機嫌な笑みを浮かべた。

「じゃ、しよ」

いそいそとタンクトップを頭から抜く。装飾のない簡素なブラも、ためらいもなくはずした。

ぷるん――。

かたちの良い褐色の乳房が、ゼリーみたいにはずんであらわになる。乳輪が土台の肌よりも淡い色であることに、今さら気がついた。

すでに昨日、彼女のオールヌードを目にしたのである。けれど、記憶の中のふくらみと、目の前にあるものが同じかどうか、祐作は判別できなかった。初めてで気が動転し、昨夜はまともに見られなかったせいだろう。

「おっぱいをガン見しちゃって。やっぱ男の子だね」

目を細められて我に返る。含み笑いの顔つきに、顔がどうしようもなく熱くなった。

かりんはすっくと立ちあがり、前屈みになってショートパンツを剝きおろした。中のパンティごとまとめて。

ゴクッ。

それが自分の喉が鳴った音だと、気がつくのに時間がかかった。無毛の女芯(にょしん)に、目も心も奪われたからだ。

口をつけて絶頂に導いた、愛らしい秘割れ(ひわ)。その奥に、牡を快楽へと誘う洞窟がある。

(いよいよセックスができるんだ)

念願だった初体験への期待がふくらむ。菜々穂に叱られて反省したことなど、頭の片隅にも残っていなかった。

「ところで、エッチの前にすることぐらい、わかってるよね」

全裸になったギャルが、焦らすみたいに問いかける。どういう意図の質問なのかわからず、祐作は何度もまばたきをした。

(あ、ひょっとして避妊のこと?)

ゴムを着けるよう促しているのではないか。しかし、そんなものは持ち合わせていない。買ってこようにも、近くにコンビニがないのだ。

あるいは、男は万が一に備え、常にコンドームを用意しておくべきだと言いたいのか。そして、持っていないのを口実に、セックスを拒むのかもしれない。

だとすれば、最初から筆おろしをするつもりなどなかったことになる。

自ら裸になっておきながら、おあずけを食わせるなんて意地が悪い。祐作は地団駄(じだんだ)を踏みたくなった。

しかし、それは考えすぎであった。

「わかんないの? オチンチンが入るようにマンコを濡らさなきゃ」

露骨すぎる発言に、頭がクラクラする。おまけに、かりんは膝立ちでベッドにあがり、祐作の頭を跨(また)いだのである。

(わ——)

目が限界まで見開かれる。顔から二十センチと離れていないところに、無毛の恥割(ちわ)れがあった。わずかにほころび、肉色の花弁をはみ出させたものが。

昨晩も浴室で目撃したが、今はからだの向きが百八十度違っている。また秘肛(ひこう)を舐められたくなくて、尻を向けなかったのか。

ともあれ、何をさせようとしているのかなんて明白だ。

蒸れたチーズ臭が濃密に漂う。パンティのクロッチに染み込んでいたフレグランスに近いが、酸味がくっきりしていた。

「オマンコくさい?」

かりんが目を細めて告げる。

「あたし、今日はまだシャワーを浴びてないんだよね」

どこか挑発的な眼差しは、それでも舐められるのかと問うているように思われた。

そもそも祐作は、くさいなんて思わなかった。飾り気のない、有りのままの秘(ひ)臭(しゅう)はむしろ好ましい。もっと嗅ぎたいぐらいだった。

だからこそ小鼻をふくらませ、放たれる秘臭を深々と吸い込んだのだ。

「え、ちょっと」

自分から嗅がせたのに、かりんが焦る。正直すぎる匂いを知られるのは、やはり恥ずかしいのか。

それでもギャルらしく、弱みを見せられないと思ったらしい。

「パンツをクンクンするだけあってヘンタイだね」

開き直り、さらに腰を落とした。

「マンコ舐めて」

かぐわしい園を男の口許に押しつける。

「むぷっ」

反射的に顔を背けかけた祐作であったが、強烈な淫臭が鼻奥にまで流れ込み、一瞬で陶酔に陥った。

（ああ、すごい）

いささかケモノっぽい、蒸れた女くささ。オシッコの名残らしき、磯の香りも含まれている。

これまで何人の男と寝たのか知らないが、彼女のこんな匂いまで知っているやつは他にいまい。そう決めつけたら、妙に誇らしくなった。すべてをさらけ出してくれた、かりんの思いにも報いたい。秘臭を知られる恥ずかしさを凌駕するほどに、快感を求めているのだから。

祐作は舌を恥裂に差し入れた。ほんのり塩気があるそこを、掻き回すようにねぶる。

「あああっ」

陰部がキュッとすぼまり、歓喜の声がほとばしった。

「うう、ほ、ホントに舐めてくれるの？　汚れてるのに」

どこか申し訳なさそうな声音。大胆に振る舞っても、その裏には女らしい恥じらいと慎みがあるようだ。

好感を抱きつつ、敏感な真珠を狙う。フード状の包皮に隠れた宝物を、舌先でほじるようにはじいた。

「あ、あ、そこぉ」

歓迎するように声を震わせ、かりんが下腹を波打たせる。ナマ白いそこは、日に焼けたところとのコントラストがなまめかしい。

内側から温かな蜜がこぼれる。あるいは、こうされるのを待ち望んでいたのか。悦びを与えられ、内に溜まっていたものが一気に溢れたふうだ。

「ああっ、あ、ううう、もっとぉ」

切なげに身をよじり、愛撫をせがむのが愛おしい。もっと感じさせてあげたくて、舌の根が痛むのもかまわず律動させた。

ピチャピチャ……ぢゅぢゅぢゅッ。

窪地に溜まった愛液をすすると、かりんが「いやぁ」と嘆く。しとどになっているのを知らされて、羞恥にまみれているのではないか。

(何だか可愛いな)

思ったものの、口には出さない。年下のくせに生意気だと、きっと叱られるであろうから。

代わりに、硬く尖った肉芽にすぼめた唇を当て、強く吸い立てた。

「あはぁっ!」

ひときわ大きな嬌声がほとばしった。太腿がビクビクとわななき、強烈な快感を得た様子である。

(よし、これなら――)

祐作は、かりんをイカせるつもりでいた。あられもなく昇りつめるところを、是非とも見届けたかった。

ところが、これからというところで、彼女が腰を浮かせたのである。

「ふう」

堪能しきったみたいに息をつき、トロンとした目で祐作を見おろす。

「すごくよかった……やっぱり上手だね、クンニ」

褒められて、照れくさくも嬉しい。だったら続けさせてくれればいいのにとも思った。

「でも、今日はオチンチンでイカせてもらうから」

かりんが後ずさる。腰を跨がれ、何をするつもりなのかを悟った。

（いよいよなんだ）

初体験への期待がふくらむ。初めて女性と深く結ばれるのである。

その一方で、本当にいいのかというためらいが、今さら頭をもたげた。

脳裏に浮かんだのは、菜々穂の顔である。昼間、淫らな行為を注意されて、反省したばかりだというのに。

もっとも、当の菜々穂自身が、祐作のペニスをしごいて射精させたのだ。あれこれ言われる筋合いはないという思いもあった。

何にせよ、今さら中止を提案したところで、かりんが納得しまい。

（だいたい、かりんさんに僕のからだを拭かせたのは、菜々穂さんなんだから）

こうなることも想定済みだったに違いないと、都合のいい解釈をする。それに、浴室でのあれはともかく、今のこれはバレずに済むのではないか。

ようやく訪れた童貞卒業のチャンスをふいにするなんてできない。今の祐作にとって、何よりも優先されるべき事柄であった。

（今後のためにも、男にならなくっちゃ）

ためらいを振り払い、かりんの動きを見守る。

この体勢からして、騎乗位で交わるつもりなのだ。経験がない祐作にとって、受け身でいられるのはありがたい。

「元気なチンチン、カチカチだぁ」

歌うように言って、強ばりきったモノを逆手で握る年上のギャル。上向きに立たせた真上に、そろそろと腰を落とした。

温かなほとりが亀頭に触れる。クンニリングスでたっぷり濡れたそこは、牡の強ばりをやすやすと受け入れるであろう。おそらく、彼女がちょっと体重をかけるだけで。

その瞬間を、祐作は今か今かと待ち受けた。

ところが、視線を上に向けて目が合うなり、かりんがうろたえて視線をはずしたのだ。腰も浮かせて、せっかく触れあった性器同士が離れてしまった。

（え、そんな）

もうちょっとで結合が果たせたのに、寸前で躊躇するなんて。自分からセックスしようと言っておきながらあんまりだ。

やはり安易にからだを繋げるのはよくないと判断したのか。思ったものの、かりんは行為を諦めたわけではなかった。

「んしょ」

声を洩らし、祐作の上でからだの向きを変える。見せつけた丸いヒップを、再び屹立の真上におろした。

「おしりの穴を舐めるのが好きなヘンタイは、この恰好のほうが昂奮するよね」

かりんが背中を向けたまま言う。顔は見えないが、蔑(さげす)んでいるに違いない。昨日、アヌスを舐められたことを、まだ根に持っているようだ。

（……いや、違うな）

祐作は悟った。彼女が後ろ向きになった理由を。顔を合わせるのが照れくさいのだ。

年下の、しかも未経験の男に秘部をねぶられ、あられもなく乱れたあとである。昨晩は絶頂させられたし、気まずくなるのは当然と言えよう。

あるいは、ペニスを挿入されて感じている顔を見せるのは、年上としてのプライドが許さないのかもしれない。

(やっぱり可愛いひとなんだな)

ほほ笑ましく思ったとき、かりんがいきなり坐り込んだ。

ぬむん――。

牡のシンボルが、女体内に吸い込まれる。

「あああ」

堪えようもなく声を上げると、彼女が満足げな笑みを浮かべて振り返った。

「オチンチン、オマンコに入っちゃった」

露骨な発言の直後、男を迎え入れた蜜穴がキュウッとすぼまる。

「おお」

目のくらむ快美に、たまらず喘いでしまう。

ふたりはしっかりと繋がっていた。濡れた洞窟の中に、猛る牡棒が根元まで入り込んでいる。

（……僕、とうとう体験したんだ！）

童貞を卒業した喜びが、胸いっぱいに広がる。初めての女体は涙ぐみたくなるほど快く、それも感激を大きくした。

「ああん」

かりんが背すじをのばし、身をブルッと震わせる。臀部が収縮し、丸みに筋肉の浅い凹みをこしらえた。

同時に、内部の締めつけがいっそう強くなる。

「やん、おっきい……ビクビクしてるぅ」

類い稀な快さに、秘茎は雄々しく脈打っていた。それは彼女にもわかったようである。

（こんなの、気持ちよすぎる）

挿入を遂げただけで、祐作は早くも危うくなっていた。初めてのセックスであり、感激が大きかったためもあるのだろう。大袈裟でなく、ペニスが蕩けるようだった。

すると、かりんが後ろに横顔を向ける。

「もうイッちゃいそう？」

強ばりの著しさから、早くも終末が近いと察したらしい。

「は、はい」

素直に白状すると、彼女が不満げに顔をしかめる。

「ダメ。我慢しな」

冷たく言い放たれ、祐作は突き落とされたような気分を味わった。

「あたしがイク前に出したら、殺すからね」

物騒な発言は本音なのか。あるいは、脅しに見せかけた照れ隠しなのか。どちらにせよ、限界まで我慢するしかなさそうだ。

気を引き締め、奥歯を強く嚙んだところで、かりんが前屈みになる。祐作の膝に両手を突くと、腰をそろそろと浮かせた。

逆ハート型の尻の切れ込みに、濡れた肉色の器官が覗く。自分のペニスだと思えないほど、生々しく動物的に映った。

しかし、すぐにまた姿を消す。彼女が坐り込んだのだ。

「あひッ」

鋭い声がほとばしる。肉の槍に膣奥(ちつおく)を突かれ、かりんが総身をわななかせた。

「キモチいい」

息を荒くし、再びヒップを持ちあげる。それを落とすと下腹に臀部がぶつかり、パツンと湿った音を立てた。

あとはそれの繰り返し。

「あ、あ、あん、いい、奥ぅ」

タンタンとリズミカルに逆ピストンを繰り出すかりんは、上半身をさらに前へ倒した。それにより臀裂が開き、結合部があらわになる。

愛らしい秘肛の真下、濡れた穴に筋張った筒肉が出入りする。性交ではなく、いっそ交尾という呼び方が相応しい。

(うう、いやらしい)

ネットの無修正動画でも目にした、卑猥な光景。まさかそれを、自分が体験することになるなんて。

おかげで昂奮もうなぎ登りとなる。

「う、うう……あ――」

堪えようもなく呻きがこぼれる。ちょっとでも気を抜くと、たちまちオルガスムスの波に巻かれるであろう。

（こんなに気持ちいいのに、我慢するなんて地獄だよ）

意志がくたくたと弱まり、性感の上昇に身を委ねたくなる。理性を懸命に奮い立たせても、肉体に与えられる悦びが簡単に砕くのだ。

「か、かりんさん、もう」

限界であることを訴えても、彼女は振り返りもしない。自らの快感を追い求めるのみ。膣の締めつけが強まり、上下運動の速度も増した。

「そんなにしたら、本当に出ちゃいます」

情けないギブアップにも容赦しない。

「いっとくけど、ばっちり危険日なんだから。オマンコに出したら妊娠しちゃうよ。責任取れる？」

呼吸をはずませながら忠告する。これには祐作も、冷水を浴びせられた心地になった。

（そんなのまずいって）

学生の身で子供を持つなんて、無理に決まっている。

いや、問題なのはそこではない。責任を取るとは、かりんと結婚するという意味ではないか。

正直、女性としてはタイプではなかった。けれど、可愛いところがあって魅力的だとわかった今は、かなり好感を抱いている。何より、自分にとって初めてのひとなのだ。

しかしながら、祐作が本当に好きなのは和々葉である。男になりたかったのだって、彼女の前で堂々と振る舞いたかったからだ。たとえ付き合える保証がなくても、何もしないうちから諦めたくなかった。

よって、絶対に子供を作るわけにはいかない。

祐作は懸命に耐えた。奥歯が砕けるのではないかと思えるほどに噛み締め、脇腹もつねって上昇を抑え込む。

その間にも、かりんは悦楽の階段を順調にのぼっていった。

「あ、イキそう」

極まった声が聞こえ、ようやく安堵する。

（よし、もうちょっとだ）

油断するなと、自らに言い聞かせる。愉悦のトロミは分身の根元で煮え滾っており、少しでも気を抜いたら女体の奥へと発射されるだろう。そうなったら我慢も台無しだ。

「イッちゃう、イッちゃう、あああ、く、来るぅ」

あられもないよがり声に引き込まれ、脳がトロトロになるのを覚える。それでもどうにか堪えた。

「う、あ、ああっ、い、イクイク、くぅううう」

かりんが昇りつめる。ビクッ、ビクッと体軀をわななかせ、柔らかな内腿で牡腰を強く挟み込んだ。

(やっと終わった……)

上下運動が止まったことで、危機を脱したはずだった。ところが、彼女は坐り込んだまま動こうとしない。

アクメ後の蜜穴が、なまめかしくすぼまる。こちらも昇りつめたあとならば、心地よい疲労と余韻にひたれたであろう。

けれど、危機的状況にあった牡器官には、爆発へと誘導する刺激そのものであった。

「か、かりんさん、どいてください」

焦って頼んでも、彼女は「うう」とうるさそうに呻くばかり。いちおう動こうとしたのか、ヒップをもぞつかせたものの、すぐに諦めた。

おかげで、ますます危うくなる。

「ほ、ほんとにまずいんです。出ちゃいます」

懇願を嘲笑うかのように、肉根にまといついた柔ヒダが蠢く。無意識にそうなったのか、あるいは意図的になのか。

ともあれ、それが絶頂への引き金となった。

「あ、あ、あ、あああ」

神経が蕩ける感覚に負けて、熱情のエキスを噴きあげる。幾度にも分けて尿道を通過するたびに、目の奥が絞られるほどの愉悦が生じた。

（ああ、なんだこれ……）

あちこちの筋肉が引き攣り、呼吸が荒ぶる。自分がどんな状態に置かれているのか、途中から完全に見失っていた。

それほどまでに強烈な射精感を味わったのである。

いつも以上に長いオルガスムスに、かなりの体力を奪われる。すべて出しきったあと、祐作はぐったりして手足を投げ出した。

気怠い余韻の中、しばらくは何も考えられなかった。だが、程なくとんでもないことになったと悟る。

（僕、中に出しちゃったんだ）

しかも、かりんは危険日だと言った。それが妊娠しやすい日であることぐらい知っている。

やはり責任を取って結婚しなければならないのか。脳裏に浮かんだ和々葉の面影が、不意に遠くなった。

「出したの？」

振り返ったかりんが訊ねる。目を細め、どこか得意げに。

（あ、ひょっとして——）

彼女は最初から中出しをさせるつもりだったのではないか。妊娠して、結婚を迫るために。

かりんは二十代の後半だ。そろそろ身を固めなければと、適当な男を物色していても不思議ではない。

そして、純情な男なら言いなりにできそうだと、最初から祐作がターゲットにされていたとも考えられる。脱衣所に下着を置いたのも、忘れたのではなく罠だったとか。

まんまと引っかかったのだと確信し、悔しくてたまらなくなる。初体験を遂げて男になれた感激など、どこかに吹っ飛んでしまった。

そんな胸の内が、顔にも出たようだ。

「なに不景気な顔してんの？　せっかく童貞を切ってあげたってのに」

かりんが顔をしかめる。恩着せがましい台詞にも腹が立った。

「僕が中に出したから、妊娠するんですよね」

言い返すと、きょとんとした面持ちが向けられる。

「は？　あれ、本気にしたワケ？」

「え？」

「マジで危険日だったら、ナマでヤラせるわけないじゃん。あんたが簡単にイッたら困るから、ガマンしてもらうために言ったの」

そういうことだったのかと、祐作は胸を撫で下ろした。

（たしかに、かりんさんが僕なんかの子供を作ろうとするわけないか）

今の態度からして、頼りないと思われているのは確実だ。そんな男を伴侶に選ぶはずがない。彼女のような女性は、強い男が好みなのであろうし。

そうやって安心したためか、肉体に変化が現れる。

「え、ウソ」

かりんが戸惑う。臀部の筋肉をキュッとすぼめたから、内部の変化に気がついたのだ。

たっぷりと射精した祐作の分身は、未だ彼女の中にあった。力を完全に失っていたはずが、再びムクムクと膨張しだしたのである。

それは祐作にもわかった。

（え、どうして？）

不安が払拭されたことで、新たな欲望が頭をもたげたというのか。

「なに、まだヤリたいの？」

軽く睨まれて、首を縮める。さすがに即答しづらかった。

だが、かりんもまだしたかったらしい。

「しょうがないなぁ。ホント、若い男はヤリたがりだから」

などと言いながら、いそいそと腰を浮かせる。半勃ち状態のペニスが抜け落ちたのに続いて、多量の白濁汁がドロリと滴った。

「うわ、すっごく出てる。危険日だったら、マジで妊娠確定じゃん」

そこには愛液も混じっていたであろう。なのに、すべて祐作のものだと決めつけられた。

「昨日、二回も出したクセに、どうしてこんなに多いの。信じられない」

実際は、午後にも菜々穂の手で射精しているのである。もちろんそんなことは言えない。

ただ、ふと気になった。

「あの、菜々穂さんに言われてここへ来たのは本当なんですか？」

「まさか」

年上のギャルが一笑に付す。

「あのひとがあたしにそんなことさせるわけないじゃん。前にカッコイイお客が来たときも、ちょっと馴れ馴れしくしただけで叱られたんだもん。あくまでも従業員だってのを忘れるなって」

やはり菜々穂の件は口実だったのだ。おまけに、

「ゆうべのこともそうだけど、こんなのが菜々穂さんに知られたらクビになるから、誰にも言うんじゃないよ」

釘を刺されてうなずいたものの、改めてわかったことがある。

（菜々穂さん、かりんさんには何も言ってないんだな）

今聞いた話では、まずは従業員であるかりんに注意をするのが本筋ではないの

か。そうしなかったのはなぜだろう。

(僕が下着を悪戯したのが原因だから、僕だけを叱ったのかな)

しかし、菜々穂は最初からコトの経緯を知っていたわけではなかった。祐作が白状したからわかったのである。

腑に落ちないまま、間もなく下半身が快さにひたる。かりんがティッシュで後始末をしてくれたのだ。亀頭の段差も拭う念の入れようで。

おかげで八割がたまで膨張した男根を、今度は口に入れた。

「うあ、あ——」

射精の影響が残っていたようだ。舌を這わされる粘膜が、かなりくすぐったい。たまらず腰をよじり、喘いでしまう。

(……かりんさん、すごくいいひとなのかも)

ティッシュで拭いただけのそこには、付着物も匂いも残っている。なのに、少しも厭うことなく舌を這わせてくれるのだ。

お口の甲斐甲斐しい奉仕に、申し訳なくも完全勃起する。ここまで献身的ならいいお嫁さんになるかもしれないと考え、妊娠させられなかったのが惜しくなった。

もっとも、彼女のほうは、年下の男を端っからセックス相手としか捉えていなかった。

「もう元気になった。さすが若いだけあるね」

顔を上げ、唾液で濡れた口許を手の甲で拭う。力を漲らせた肉棒に、淫蕩な眼差しを注いだ。

「まだガマン強さは足りないみたいだけど、チンチンのかたちは合格かな。せっかく男になったんだから、東京でもいっぱいエッチして鍛えることだね。それでまたここに来たら、どれだけ成長したか試してあげるよ」

やはりセフレ扱いというか、チャンスがあったらしてもいいという程度にしか見ていない。まあ、そのほうが気が楽だ。

「ほら、起きて」

手を引いて祐作を起こすと、かりんが交替してベッドに寝そべる。両膝を立てて脚を開き、セックス後の濡れた陰部を晒した。

「今度は自分で動いてみな。エッチは受け身だけじゃダメだかんね」

求めたのは正常位。深く結ばれたあとだし、顔を正面から見ながらでも、もう照れくさくないのだろう。

祐作もそのほうがよかった。やはり一方的に跨がれただけでは、童貞を卒業したなんて偉そうに言えない。かりんも言ったとおり、しっかり経験を積むべきである。

ところが、何も考えず女体に覆いかぶさって、さっそく彼女に注意される。

「最初にからだを起こしたままマンコに挿れて、それから抱きつくの。これだとどこに挿れればいいのかわかんないじゃん」

真っ当なことを言われて、恥ずかしくなる。たしかにAVとかでも、男優はそんなふうにしていた。

「ま、経験がないからしょうがないか」

かりんがふたりのあいだに手を入れる。牡のシンボルを握り、自身の中心へと導いた。

「ここだよ」

けれど、すぐには挿れさせず、亀頭を恥割れにこすりつける。

「こうやってしっかり馴染ませて、マンコとチンチンの両方がヌルヌルになってから挿れるの。でないと痛いんだから。女だけじゃなくて、男だって」

「わかりました」

「ほら、挿れてみて」

強ばりを支えていた指がはずされる。尖端が濡れた窪地に浅くめり込んでおり、狙いをはずす心配はなさそうだ。

「行きます」

声をかけ、そろそろと腰を沈める。たやすく入るかと思えばそうでもなく、侵入をはね返すような抵抗があった。

「うウン」

小さな呻きが聞こえたが、痛みのせいではなさそうだ。彼女はいつの間にか目を閉じており、至って穏やかな表情である。いっそ何かを待ち望んでいるふうにも映る。

ならばと腰に力を込めると、狭まりを圧し広げる感覚があった。

（もう少しだ）

息を詰め、女体の奥を目指す。じりじりと呑み込まれた亀頭が関門を乗り越え、ぬるんと入り込んだ。

「ああん」

かりんが悩ましげに眉根を寄せる。やけに色っぽい面差しに煽られ、祐作は残り部分をずむずむと押し込んだ。

（すごい……僕、女性にペニスを挿れてるんだ）

受け身ではなく、能動的な交わり。本当にセックスをしているのだという自覚が高まった。

程なく、ふたつの陰部が重なる。

「ふう」

ふたり同時に息をつく。閉じていた瞼が開き、黒い瞳が見つめてきた。

「ちゃんとできたじゃん」

褒められて、単純に嬉しい。「はい」と返事をするなり、頭をかき抱かれた。

ふに——。

唇に当たった柔らかなものがひしゃげる。何が起こったのかを理解するのに時間がかかったのは、これまで経験していなかったからだ。

（僕、かりんさんとキスしてる！）

生まれて初めて、異性と唇を交わしたのである。

かりんの唇がほころぶ。そこからはみ出したものが、祐作のほうにヌルリと侵入してきた。

温かな唾液をまとったそれが舌であることは、すぐにわかった。ただ唇をくっつけるだけの、子供じみたキスではない。大人同士の本格的なくちづけだ。

ピチャ……チュッ——。

口許からこぼれる水音に昂り、膣内のペニスが雄々しく脈打つ。下半身でも交わりながらのディープキスは、さながら口を使ったセックスのようだ。

こすれ合う鼻の匂いも、少しクセのある口臭も、妙に好ましい。それだけ彼女に惹かれていた証だ。

これで女性との親密な行為を、ひととおり体験したことになる。順番は逆になったが、相手は同じひと。問題あるまい。

今はただ、すべてを教えてくれたかりんに感謝するのみである。

頭が解放され、ふたりの唇が離れる。目をトロンとさせた金髪のギャルは、これまで以上にチャーミングだった。

「キスも初めてだった？」

「はい」

「てことは、あたしが全部いただいたワケか」

頰を緩めた彼女が、ますます好きになる。今度は祐作のほうからくちづけ、舌を差し入れた。

貪欲に舌を絡ませながら、腰も動かす。程よい締めつけの蜜穴で、イチモツをヌルヌルとこすられるのは、腰が砕けそうに気持ちよかった。

「ふは――」

息が続かなくなったのか、かりんがくちづけをほどく。呼吸をはずませ、裸身をしなやかにくねらせた。

「いいよ。もっとズンズンして」

リクエストに応えて、腰を勢いよくぶつける。

最初はペニスが抜けそうに思えて、ピストンも覚束なかった。それでも動くあいだにコツが摑めて、抽送の振れ幅が大きくなる。

「あ、あ、あん、あん」

かりんのよがり声もいっそう大きく、艶っぽくなった。

(僕、セックスでかりんさんを感じさせてるんだ)

いよいよ男になれたのだと、全身に自信が漲ってくる。

「キモチいい……もっとぉ」

あられもない要請に応えて、祐作はベッドが軋むほどに励んだ。

第三章　妹の涙、姉の蜜

1

祐作が目を覚ましたのは、東の空が白(しら)み始めた頃であった。

夜中にかりんと交わり、彼女の中に二回も精を放ったのである。そのあと三時間ぐらいしか眠っていないのに、頭はやけに冴えていた。

それはもしかしたら、初体験を遂げて気が昂(たかぶ)っていたせいかもしれない。

かりんが去ったあと、祐作は疲労にまみれてそのまま眠った。寝汗をかいて、特に股間まわりがベタついている。

(洗ったほうがいいな……)

ベッドから降りると、くじいた足は少し違和感がある程度で、痛みはほぼない。ひとりで普通に歩けそうだ。

祐作は着替えとタオルを手に、シャワー室へ向かった。まだみんな眠っているだろうから、足音を忍ばせて。

全身の汗と汚れを流してすっきりする。みんなと一緒の部屋に戻ろうかとも考えたが、気配で起こしたら悪いし、少しも眠くなかった。

散歩でもしようと、祐作はペンションの外に出た。

鳥のさえずりと、乾いた蟬の声が聞こえる早朝の高原。一夜明けた空気は、鮮烈に澄み渡っていた。頰に当たる涼しい風も心地よい。

青空の下、遠くの山々が見渡せる。ふもとのほうには白い靄がかかり、いっそう幻想的だ。

サンダル履きのため、露に濡れた草が足に触れる。その冷たさにも心が洗われるようだった。

見えるもの聞こえるもの、すべてが新しく生まれ変わったよう。祐作自身も、昨日までの自分ではないと強く感じていた。

(僕はもう、童貞じゃないんだ)

しかも初体験ながら、セックスで女性を絶頂させたのである。

最初の騎乗位では何もできなかった。祐作は爆発しないよう、ひたすら耐え忍ぶしかなかった。

けれど、二度目に正常位で交わったときは、自らの腰づかいで年上のギャルをよがらせ、頂上へと導いたのである。

『イクッ、イクッ、イッちゃう──』

そのときのかりんの声は、今も耳に残っている。思い出すだけで海綿体が充血するほどにいやらしく、年上とは思えないほど愛らしくもあった。

（またしたいな……）

さほど時間が経っていないのに、もう恋しくなっている。かりんのことがというよりも、彼女とのセックスが。

だが、明日は東京へ帰るのである。もう時間がない。

それに、昨夜のかりんの口振りでは、祐作がまたここを訪れでもしない限り、交わるつもりはないようだった。

そもそも初体験を望んだのは、和々葉と自然に話せるようになりたかったからなのだ。男としての自信がつけば、彼女の前でオドオドすることもなくなるだろうと。

なのに、かりんとの行為を望むようでは、本末転倒である。

気持ちを新たにし、本当に生まれ変わらねばと、自らに言い聞かせる。そろそろ中に入ろうと、ペンションの入り口に向かおうとしたとき、その窓に気がついた。

（あれ？）

一階のそこは客室ではない。食堂のそばで、厨房と隣り合っているようだ。窓から少し置いて換気扇のフードがあるから間違いない。

ということは、従業員の部屋ではないのか。

風通しをよくするため、窓を開けて寝ていたと見える。網戸の向こうではレースのカーテンが、吹き込む風に揺れていた。これなら中の様子がわかるかもしれない。

きっとかりんの部屋だと、祐作は推測していた。だったら、ちょっと覗いたってかまうまい。

（僕たちはもう、他人じゃないんだからな）

肉体を繋げた異性の、寝顔を見てみたい。もしかしたら、あられもない恰好でいびきをかいているのではないか。

覗き見なんてよくないと、もちろんわかっている。だが、情を交わした気安さから、罪悪感はそれほどなかった。

足音を立てないよう、注意深く窓に近づく。おあつらえ向きに、ちょうど中を窺えるぐらいの高さであった。

「あん……」

なまめかしい声が聞こえた気がしてギョッとする。空耳かと思ったが、そうではなかった。

「く……う、ううン」

忍ぶようなそれは、間違いなく部屋の中から聞こえる。

具合が悪くて呻いているのか。けれど、心配したのはほんの短い時間であった。

（これって――）

苦痛ではなく、悦びによって洩れる声。昨晩も耳にしたばかりだから、すぐにわかった。

かりんがオナニーをしている。祐作は全身が熱くなるのを覚えた。自分との行為を反芻し、自らの指で思い出にひたっているのではないか。

だったら、今すぐにでも部屋に入り、指ではなくペニスで快感を与えてあげたい。彼女だって、そのほうがいいに決まっている。

もう一度したいと望んだことが、こんなにもあっさり叶うなんて。幸運を噛み締めつつ、どんなふうに自らをまさぐっているのか確認しようとして、祐作ははたと気がついた。

(これ、かりんさんじゃないぞ)

ギャルの喘ぎ声は、心持ちハスキーだった。一方、部屋の中から聞こえるのは、蕩(とろ)けるような甘さがある。より成熟した趣(おもむき)というか。

となれば、当てはまる人間など限られている。

(菜々穂さんなのか?)

それ以外には考えられない。胸の高鳴りを抑えつつ、室内を覗き込む。

窓からそう遠くない壁際にベッドがあり、こちらに頭を向けて寝ている女性がいた。顔は見えない。

だが、見覚えのある黒髪は、紛(まぎ)れもなくペンションの女主人であった。

透けるほどに薄いナイティをまとったからだには、何も掛かっていない。ベッドの下にタオルケットが落ちていたから、睡眠時にはそれを使っていたようだ。

「あ、あ……ンふぅ」

切れ切れに喘ぐ彼女が、成熟した女体(にょたい)を艶(つや)っぽくくねらせる。右手は股間に差しのべられ、左手はふっくらと盛りあがった乳房を、薄物越しに揉んでいた。

（やっぱりオナニーをしてる）

初めて目撃する、女性のプライベートシーン。派手に悶えることなく、声も圧し殺しているようだ。

それだけにリアルで、息を呑むほどに煽情的である。

早朝から自愛行為に及ぶ菜々穂を、軽蔑する気持ちは少しも湧いてこない。むしろ、ここまでせずにいられないのかと、憐憫を覚えた。

（旦那さんと離れて寂しいんだな）

昨日、彼女にペニスをしごかれたことも思い出す。あれもやはり、日頃の満たされない思いが表出したのであろう。

気の毒だと思う一方で、生々しい女の姿を見せられ、劣情も高まっていた。

セクシーな衣類をまとっていても、肌はそこまであらわになっていない。乳首や性器も見えず、いっそもどかしさを覚える光景だ。

ただ、露骨でないからこそ感じられるエロチシズムもある。

快感に喘ぐ熟れ妻は、かなりのところまで高まっている様子だ。息づかいが荒く、少しもじっとしていない。

おかげで、祐作は右手を股間にのばさずにはいられなかった。ブリーフの内側で、分身はいきり立っていた。かつてない硬度を誇り、反り返った状態から動こうとしない。

（うう、すごく勃ってる……）

ズボン越しに握っただけで、背すじを快美が貫く。目がくらむようだった。その場で勃起を摑み出し、しごきたい衝動に駆られる。射精したら、きっと強烈な快感を得られるに違いない。

すぐさまそうしなかったのは、ここが戸外だったからだ。早朝で、周囲に人影はなかったものの、いつ誰が現れるかわからない。もしも見つかったらどうなるかなんて、いちいち考えるまでもなかった。

だからと言って、見ているものを目に焼き付け、あとで自慰のオカズにしようなんて浅ましい計画を練ったわけではない。熟女のオナニーが、あまりに色っぽくていやらしいものだから、単純に目が離せなかったのだ。

強ばりきったイチモツをズボンの上からこすり、焦れったい快さに身を震わせる。今さらのように、覗き見なんて最低だという声が内から湧いてきたが、その場から離れるのは不可能だった。

「う……イク」

アクメを予告する小さな声が聞こえた直後、ベッド上の女らしい肢体が反り返った。

「う、ううっ、ふはっ」

呻いて四肢を震わせたのち、脱力する。あとは深い息づかいのみが、早朝の部屋に流れた。

(イッたんだ、菜々穂さん)

最後まで見届けた祐作の胸に湧きあがったのは、満足感ではなく罪悪感だった。

(何をやってたんだろう……)

さながら射精したあとのごとく、憑き物が落ちた心境だった。もちろん精液は出しておらず、ペニスは最高の硬さを保ったままである。

ただ、多量に溢れたカウパー腺液が、ブリーフの裏地を濡らしている。それが肌に張りついて気持ち悪かった。

身を屈めて窓から離れ、足音を立てぬよう遊歩道まで戻る。

「ふう」

ひと息ついたときには、あれだけ猛々しかった秘茎もおとなしくなっていた。

(色っぽかったな、菜々穂さん)

思い返し、またモヤモヤしかける。だが、そんなことでどうすると自らを叱り、邪念を追い払った。

それから、今後のことを考える。

ここへ来て三日目。いよいよ明日は東京に帰るのである。親睦を深めるためのゼミ旅行なのに、まったく目的を果たしていない。

少なくとも祐作自身は。

初日から酔って寝落ちした挙げ句、浴室でかりんと淫らな行為をした。翌日は足を捻挫した上、前の晩の件を菜々穂に咎められ、なぜだか射精に導かれた。

さらにその夜、かりんと初体験を遂げたのである。

ゼミの仲間との親睦はさっぱりなのに、ペンションの従業員、さらに女主人と親密になっている。まあ、菜々穂には一方的に弄ばれただけで、親しくなったとは言い難いけれど。

ただ、オナニーを目撃したせいで、ぐっと距離が縮まった気がする。

気乗りのしない旅行に参加したのは、和々葉と仲良くなりたかったからだ。そちらの目的は、さっぱり果たせていない。

（いや。まだ今日、明日とあるんだから）

残りの時間は、本来の目的のために費やそう。せめて臆せず会話ができるぐらいにはならなければ。

（そうさ。僕は男になったんだ）

初体験をさせてくれたかりんの恩義に報いるためにも、男らしく堂々と振る舞えるようになるのだ。そして、できれば菜々穂にも見直してもらおう。妹の彼氏に相応しい相手だと。

頑張ろうと心に誓い、祐作はペンションの玄関へ向かった。

2

不穏な感じは昼前からあった。

実質的な最終日であり、和々葉はバスであちこち回ろうと提案した。信州は彼女の故郷である。お気に入りの場所を案内したかったようだ。

だが、昨晩も飲み過ぎて、朝食も食べなかった後藤と斎藤は、面倒だと難色を示した。バスに乗るだけでなく、かなり歩くことも予想されたからだ。

おまけに、和々葉が不平を口にすると、怪我人に遠出は大変だと、祐作をダシにして異を唱えた。本人が大丈夫だと言ったにもかかわらず。

結局、かりんが送迎用の車を出してくれることになり、行き先も地元のワイナリーならということで話がついた。男ふたりの目的が酒を飲むことと、宴会で飲み食いするものを手に入れることにあったのは自明である。

それでも、ペンションの部屋で無為な時間を過ごすよりはマシだったろう。

昼食は、かりんが美味しい蕎麦屋に連れて行ってくれた。蕎麦粉やワサビも地元産で、麺は手打ち。観光客相手の有名店ではなく、地元民に愛される古くからの名店であった。

ところが、後藤も斎藤も蕎麦はそんなに好きじゃないと言い、カレーうどんを注文した。かりんは特に何も言わなかったけれど、わざわざ紹介した甲斐がなかったであろう。

そのあと、みんなでワイナリーを訪れた。

そこの売店にはワインの他、地元の牧場でこしらえたチーズやサラミ、ソーセージなどもあった。後藤と斎藤は酔うほどに試飲し、旅行の予算を限界まで使って食べ物と飲み物を購入した。

かくしてペンションに戻ると、明るいうちから宴会が始まったのである。

「ふう」

祐作は部屋を出てひと息ついた。他の三人の飲むペースが速く、悪酔いしそうだったのである。

洗面所で顔を洗い、いくらかさっぱりしたとき、

「ちょっと――」

背後から声をかけられる。振り返るとかりんであった。

「あ」

声を洩らすなり固まったのは、昨晩の初体験を思い出したからだ。

昼間、彼女の運転で蕎麦屋やワイナリーに行ったときも、祐作は内心どぎまぎしていた。目が合ったり、声をかけられたりするだけで、無性に落ち着かなくなったのである。

何しろ初めての女性で、しかも童貞を捧げた翌日なのだ。無理もない。

それでも、他の三人に怪しまれないよう、平静を装ったつもりだった。しかし、ちゃんとできていなかったらしい。

「さっきのアレ、なに？」

かりんからいきなり咎められ、目が点になる。

「え、さっきって？」

「車で外に出たとき。あたしの顔を見るたびにオドオドしちゃって。あれじゃ、何かあったって宣伝してるようなもんじゃない」

動揺していたことに、彼女は気がついていたのだ。関係を持った当事者だから
というのもあるのだろうが。

「すみません」

謝ると、かりんは「ふん」と鼻を鳴らした。もっとも、本気で怒っているわけ
ではなさそうだ。

「ま、そんなことより、あのふたりに用心しなよ」

「あのふたり？」

「あんた以外の男たち」

後藤と斎藤のことのようだ。

「彼らがどうかしたんですか？」

「和々葉ちゃんを見る目が、どうもおかしかったんだよね」

ひそひそと言葉を交わし、何かを企むような素振りもあったという。

「和々葉ちゃんに手を出すつもりかもしれないから、しっかり見張りなよ」

「でも、ふたりとも彼女がいるから、妙なことはしないと思いますけど」

「やれやれ、単純だね」

かりんがあきれ顔で肩をすくめた。

「彼女がいたとしても、チャンスがあれば他の女の子に手を出すのが、男って生き物じゃん」

「いや、そうかもしれませんけど」

「あんただって和々葉ちゃんが好きなのに、あたしとエッチしたんじゃなかったっけ？」

それを言われると、祐作は弱かった。

「わかりました。注意します」

「うん。あの子を守れるのは、あんただけなんだからさ」

女性から頼りにされたのは初めてで、祐作は単純に嬉しかった。自尊心もくすぐられ、頑張ろうと思った。

もっとも、あのふたりが本当に悪だくみをしているとは思わなかった。蕎麦屋やワイナリーでの態度がよくなかったから、かりんは穿った見方をしているだけなのだろう。

(だいたい、僕もいるのに、おかしなことができるはずないじゃないか)

そうたかをくっていたのである。

部屋に戻り、ドアを開けようとしたとき、

「だいたい、菅谷はおれたちをナメてるんだよな」

幾らか強いトーンの声が聞こえ、ドキッとする。

(え、何だ?)

声の主が後藤だというのは、すぐにわかった。

和々葉との気が置けないやりとりはいつものことながら、どことなく口調がキツい。いっそ怒気や苛立ちを孕んでいるようであった。

「ナメてるって。どういう意味よ?」

和々葉が訊き返す。負けじとムキになっているふうに聞こえるのは、ワインをかなり飲んで酔っているからだろう。もちろん男たちも。

「それはおれも同意見だな」

斎藤も参戦し、後藤に同調する。これで二対一だ。

「そもそも、おれたちを男として見てないだろ」

「どういう意味？」

「言ったまんまだよ。だいたい、今の恰好は何だよ。肩も脚も露出させて、しかも平気で胡座(あぐら)をかいてるし」

和々葉はペンションに戻るとすぐに着替え、タンクトップにショートパンツという軽装になっていたのだ。

「こんなの普通じゃない。わたし、家ではいつもこうだもん」

「ここは家じゃねえだろ。男の目があるのに、そんな露出狂みたいな恰好でいられるなんて、神経を疑うよ」

意外だった。後藤も斎藤も、自分と同じように目のやり場に困っていたのだと知り、祐作は驚きを隠せなかった。彼女がいるのだから、そういうのは平気だと思っていたのに。

「そんなふうにわたしを見てたの？　いやらしい」

憤慨(ふんがい)の口振りながら、和々葉は戸惑いを隠せない様子だ。自身の服装が男の性的な関心を惹くなんて、少しも考えていなかったらしい。

「いやらしいじゃねえよ。それとも何か？　本当はさわってほしいってか」

「ちょ、ちょっと」

和々葉はかなり焦っている様子だ。後藤と斎藤が接近しているのか。

「ヘンなことをしたら、咲ちゃんに言うからね」

咲ちゃんというのは、同じ大学にいる後藤の彼女である。祐作も名前だけは知っていた。

しかし、そんな脅しもまったく通用しなかった。

「言えばいいさ。あいつはゼンゼン気にしないし、むしろせいせいするんじゃないか？」

「なによ、それ」

「萱谷は女子の反感を買ってるからさ。男に媚びまくって、誰にでもいい顔してるって」

そんな馬鹿なと憤慨しかけた祐作であったが、待てよと思い直す。まったくの出鱈目だと言い切れないところもあったのだ。

和々葉は明るくて、男女分け隔てなく声をかける。友人は同性異性を問わず多い。

だが、女子の中には、彼女が男と親しく接することに、いい顔をしない者もいるらしかった。

べつに男に媚びていると思うからではあるまい。おそらく、好きな男に声をかけられるのが面白くないという妬みからではないのか。

何にせよ、この指摘に和々葉はかなりショックを受けたらしい。

「わ、わたし、そんなつもりじゃ――」

声を震わせ、反論に詰まる。それも当然だろう。よかれと思ってしてきたことを、頭から否定されたのだから。

「ていうか、いつもおれたちにボディタッチしてくるじゃんか。てことは、おれたちがしてもいいってことだよな」

「バカじゃないの。いいわけないでしょ」

「どうして」

「どうしてって――お、男と女は違うじゃない」

「あれ、いつも男女同権だって言ってるのは誰だっけ？　それこそ菅谷が否定していた、都合のいいフェミニズムそのものなんじゃねえの」

「そうそう。自分がされたくないのに、おれたちにボディタッチするなんて、完全に矛盾してるよな」

「キャッ。こ、こんなの、ボディタッチって言わないわ。単なるわいせつ行為じゃない」

「うるせえよ。男をその気にさせておきながら、いざとなったら逃げるなんて、美人局と変わんねえじゃねえか」

刺々しい言葉のやり取りだけでなく、揉みあう音も聞こえる。男ふたりに責められて、和々葉は普段の調子を完全に封印されていた。

（いつもなら負けじと言い返すのに……）

むしろ、あのふたりをやり込めることが多いぐらいだ。あるいはその件を根に持っていて、ここぞとばかりにやり返しているのか。

とにかく、かなりまずい状況である。

すぐにでも中に入り、和々葉を助けなければならない。ところが、祐作は動けなかった。完全に足がすくんでいたのだ。

雰囲気からして、口で言ってわからせるのは困難だろう。酔っていることもあり、諍いは避けられまい。

そうなれば、向こうは手を出してくるのではないか。

体格的な差はなくても、二対一で勝てる自信はまったくなかった。いや、仮に腕力があったところで、気弱でヘタレの祐作である。暴力で解決するなんて、そもそもが無理な話だ。

だからと言って放っておいたら、和々葉が傷つくだろう。心ばかりでなく、からだも。

(あいつらにレイプされるかもしれないぞ)

さすがにそこまではしなくても、着衣越しに胸や股間をさわられるかもしれない。さらに、中に手を入れられたりとか。

自分がどうにかできないのなら、助けを呼ぶべきだ。そう考えて部屋の前を離れようとしたとき、

「イヤッ、やめてッ」

和々葉の悲鳴が聞こえた。もはや一刻の猶予もない。それに、ヘタに大ごとになったら、かえって可哀想だ。

『あの子を守れるのは、あんただけなんだからさ——』

かりんの言葉が蘇(よみがえ)る。こうなったらやるしかない。

祐作は意を決し、ドアを勢いよく開けた。

グラスや食べ物が乱雑に並べられたテーブルと、床に置かれたワインのボト

ル。それらは、さっき部屋を出たときからほとんど変わっていない。

違っているのは三人の位置と、表情だった。

和々葉はテーブルから離れ、ベッドを背にしていた。ふたりににじり寄られ、追い詰められたのだ。愛らしい顔が歪み、涙が頬を伝っている。

その両側から、後藤と斎藤が彼女に手をのばしていた。

後藤の手は剝き身の肩を、斎藤の手は足首を、それぞれ摑んでいる。酔って赤らんだ顔は悪辣そのもので、まさに狼藉一歩手前という光景だ。

いや、和々葉にとっては、すでに犯されたも同然の心境だったろう。でなければ、いつも明るく元気な彼女が泣くわけがない。

「何をやってるんだよ」

喧嘩腰にならぬよう、声のトーンを落として言ったのは、後藤と斎藤に改心の機会を与えるためだった。とんでもないことをしてしまったと気づき、反省してくれるようにと。

けれど、ふたりはアルコールで理性を奪われていたらしい。反省どころか反撥をあらわにする。

「うるせえな。谷川には関係ねえよ」

吐き捨てるように言ったのは斎藤だ。苛立ちをあらわにし、眉間(みけん)に深いシワを刻む。

「いまいいところなんだ。あっち行ってろよ」

後藤がそう言って、垂れかけたヨダレをすする。すでに劣情モードに入っていると見える。

これは力尽くで引き剝がすしかない。

「やめろよ」

祐作は三人の前に進み、まず後藤の手首を摑んで引っ張った。

「なんだ、てめえ」

彼は気色(けしき)ばみ、立ちあがった。わずかにフラついたのは、酔って足に来ているせいだろう。

「谷川のくせに、邪魔するんじゃねえよ」

斎藤も和々葉から手を離し、こちらに突っかかってきた。

(僕のこと、前々から見下げてたんだな)

『谷川のくせに』などと、理不尽でしかない言いがかりで確信する。端っからみそっかす扱い、いや、いっそ邪魔者だったのだ。

この様子だと、もしも祐作が旅行に参加していなかったら、初日から和々葉に手を出したかもしれない。

（なんてやつらだ）

怒りを覚え、一矢報いたくなる。だが、いくら相手が酔っていても、ふたりを相手にして勝てる気はしなかった。

一方、彼らは完全に臨戦態勢である。アルコールの効果で、怖いもの知らずになっているのが窺えた。もはやどんな正論も通用しないのは、火を見るよりも明らかだ。

（どうする？）

追い詰められた心境に陥ったとき、

「みんな、やめて」

嗚咽(おえつ)交じりの、和々葉の声が聞こえた。それすらも、彼らをいっそう好戦的にしたようだ。

「正義の味方を気取ってんじゃねえよ」

後藤に胸ぐらを掴まれる。もう一方の手が拳を握るのが見えた。まさに殴られる五秒前。

いくら女の子を救うためであっても、こちらから仕掛けたらまずいのはわかっていた。ならば、このまま相手に手を出させるしかない。

（よし）

祐作は舌を嚙まぬよう口許を引き締め、後藤の拳を待った。殴らせるつもりだった。

「この野郎」

怒声とともに、握り拳が迫る。怯みかけたものの、祐作は逃げなかった。それどころか、拳の出される線上に顔を置く。

ボグッ！

鈍い音がした。衝撃に続いて、鼻梁から頰にかけて熱さを感じた。

痛みはそのあとで、少しずつ大きくなった。

「あっ」

驚きの声を洩らしたのは、殴った後藤のほうだった。祐作がよけると思っていたのかもしれない。

「うう……」

祐作は呻き、殴られて反射的に閉じた瞼を開いた。

目の前に、焦りを浮かべた後藤の顔がある。彼は胸ぐらを摑んでいた手を離すと、よろけて後ずさった。まるで、自分が殴られたかのごとくに。

その姿を目にして、余裕が生まれる。頰がジンジンするのも、まったく気にならなかった。

「僕は何もしていない。先に手を出したのは君だ。つまり、正当防衛でも何でもなく、これはただの暴力行為ってわけだ」

ゆっくりと嚙んで含めるように告げたことで、自らのしでかしたことの重大さがわかったらしい。後藤は何も言えず、半開きの口を震わせた。

「暴力行為のあった学生に対する、大学の処分は知ってるよな」

祐作とて、わかっているわけではない。要ははったりをかましたのである。

「な――しょ、処分って何だよ」

「僕が警察に訴えれば、君は確実に逮捕される。有罪となれば、大学だって何もしないわけにはいかない。よくて停学、最悪なら退学もあり得るだろう」

「じょ、冗談だろ」

「冗談で済ませられる話じゃない。だいたい、菅谷さんへのセクハラもあるんだからな。何事もなく済まされるなんて思わないほうがいい」

そこまで言ったところで、鼻の穴を伝うものがあった。手の甲でこすると、赤いものが付着する。鼻血だ。

それを見て、祐作以上に狼狽(ろうばい)したのが後藤だった。

「お、おい、それ」

泣きそうになって顔を歪める。さっきまでの威勢は綺麗さっぱり消え失せ、酔いも醒(さ)めたかのよう。

それは斎藤も同じだった。

「おい、マジでヤバいって」

執(と)り成(な)すように言いながら、脚が震えているのがわかった。所詮は酔った勢いで狼藉を働いただけの、小心者だったのだ。

「どうする？　反省して、菅谷さんに謝罪するのなら、僕としてもコトを大きくするつもりはないんだけど」

「……わ、悪かったよ」

後藤が声を絞り出すように言う。

「僕にじゃなく、まず菅谷さんに謝るべきだろ」

祐作がそう告げたところで、

「ちょっと、どうしたっての⁉」

部屋に入ってきたのはかりんだ。様子がおかしいのに気がついたらしい。

後藤と斎藤が坐り込み、がっくりと肩を落とす。和々葉はしゃくりあげ、ボロボロと涙をこぼしていた。

「だいじょうぶです。もう収まりましたから」

顔を腫らし、鼻血を垂らした祐作は、ただひとり冷静であった。

3

襲われる寸前だった和々葉は、ふたりの謝罪を受け入れなかった。酷いことも言われて傷ついたのだ。無理もない。

事情を聞かされ、姉である菜々穂も怒り心頭だったはず。それでもペンションのオーナーとして、お客に最低限の礼を尽くし、丁重に帰宅を促した。

かくして、後藤と斎藤は一日早く、東京へ戻ることになった。

そのときは夕刻に近かったためバスがない。かりんが運転する車で、ふたりは最寄り駅に向かった。

暴力行為に関しては、祐作が不問にすると確約したので、その点は安心していただろう。だが、今後大学で、和々葉と顔を合わせづらいのは間違いない。また、セクハラについては訴えられる可能性を残している。

そのため、素直に反省しきれないところがあったようだ。

車中のふたりは、最初は無言だった。ところが、会話がないのに耐えきれなくなったらしい。

「……ていうか、酔ってやり過ぎただけなんだよな」

まず後藤が口を開いた。

「ああ、そうだな」

斎藤も同意し、やり切れなさそうにため息をついた。

「そもそも、菅谷がずっと思わせぶりな態度をしてたせいで、ああいうことになったんだし」

「うん。あんな露出狂みたいなカッコでそばにいられたら、どんな男だってムラムラするっていうの」

「それを無自覚でやってたんだとしたら、完全に菅谷が悪いよな」

「言えてる。肩出しミニスカで満員電車に乗って、痴漢をされたら大騒ぎするような女といっしょだぜ。自分から男を誘っておいて、ひとり美人局じゃん」

後部座席のそんなやりとりは、かりんの耳にも入っていた。

ふもとに向かっていたはずの車が、別の山道へと方向を変える。それは後藤たちも気がついたが、そっちが近道なのだろうと思っていた。

しばらく走ったのち、車がガクッ、ガクンと怪しい振動を示す。アスファルトではなく、コンクリート舗装の道だったが、でこぼこがあるわけではない。程なく速度が落ち、エンジンが停止した。

「え、どうしたんですか？」

後藤が驚いて訊ねると、かりんは特に慌てた様子もなく、

「最近、ちょっと調子が悪いんだよね」

肩をすくめ、後部座席の男たちを振り返った。

「悪いけど、後ろから押してもらえる」

「あ、はい」

後藤と斎藤はスライドドアを開け、外に出た。

そこは山中でも平坦な道で、それほど力はいらないようだった。実際、ふたりで押すと、車はゆるゆると動き出したのである。

ブルルルルル——。

エンジン音が復活し、車がふたりの手を離れる。

「よし」

「やった」

歓声をあげたのも束の間、車がスピードを上げて走り出したものだから、ふたりは大いに慌てた。

「おーい、ちょっと」

「おれたち、まだ乗ってませんよ」

急いで追いかけたが、停まる気配がない。いったいどういうことなのか。後藤も斎藤も焦りだした。

と、二百メートルほど前方で、ようやく停車する。

ちゃんと走るか確認するために、しばらく走っただけなのだ。そう思って安堵したとき、後部座席のスライドドアが開き、ふたりの荷物が放り出された。

「あっ」

それを目にして、ようやく悟る。ここに置き去りにされるのだと。おそらくは自分たちがやらかしたことを反省していない罰として。

「おーい」

「ま、待ってください」

大声で呼んでも無駄であった。車はドアを閉め、無情に走り出す。彼らが荷物のところに辿り着いたときには、道の先に影すら見えなかった。

「冗談じゃないよ、まったく」

斎藤が憤慨する。

「こうなったらタクシーでも呼ぼうぜ」

後藤はスマホを出したものの、画面を見て慌てた。

「ヤバい。ここ、圏外だ」

「は、嘘だろ⁉」

未だに携帯の電波が届かない場所があるなんて、とても信じられない。

日暮れ間近の周囲を見回せば、コンクリート舗装の道以外には木々があるのみ。やけに寂しく、他の車が通りそうもなかった。

「どうしろってんだよ」

「クソッ。こんなのひどすぎるって」

嘆いても始まらない。

ふたりは荷物を手にすると、おそらくふもとに向かうであろう方角に、とぼとぼと歩き出した。

夕食の場に、和々葉の姿はなかった。

食堂では、部屋ごとにテーブルが決まっている。後藤と斎藤が帰ったから、残ったのは祐作と和々葉のふたり。けれど、そこに用意されていたのはひとり分の食事だった。

（ま、そうだよな）

あんなことのあったあとなのだ。誰かと一緒に食事するなんて無理だろう。もしかしたら、まだ泣いているかもしれない。

他のテーブルでは、カップルや親子連れが楽しげに語らいながら料理に舌鼓(したつづみ)を打っている。そんな中、ひとりで食事をするのは、いささか気詰まりであった。

もっとも、他のお客がたまにこちらをチラ見するのは、ひとりだからというのが理由ではあるまい。

「ご飯のおかわりは？」

給仕を務めるかりんに声をかけられる。

「いえ、けっこうです」

断ってから、小声で訊ねる。

「あのふたり、ちゃんと帰りましたか？」

「たぶんね」

曖昧（あいまい）な返答に、我知らず眉（まゆ）をひそめる。

「たぶんって……えと、反省してなかったとか？」

この質問に、かりんはニヤッと不敵な笑みを浮かべた。

「まあ、あそこまでされたら、さすがに反省するっしょ」

訳がわからず目をぱちくりさせると、彼女が話題を変えるように首をかしげる。

「傷、痛む？」

祐作の顔は一部が赤く腫れていた。冷やしてだいぶマシになったが、湿布が貼りづらい場所のため、患部が剝き出しである。

そのため、他の宿泊客の視線を集めていたのだ。

「いえ。もう大したことないです」

「そっか。ま、名誉の負傷だもんね」

「そんな恰好いいもんじゃないですよ」

闘っても勝ち目がないから、向こうに殴らせたのである。単なる捨て身だ。はったりが通じたからよかったものの、ヘタをすればこてんぱんにやられる可能性もあった。

「ううん。いきがって腕力に頼るバカなんかより、あんたのほうが何百倍もマシだよ」

褒められている気はしなかったが、祐作は「ありがとうございます」と、いちおう礼を述べた。

「あとは、和々葉ちゃんが立ち直ってくれればいいけど」

かりんが表情を曇らせる。もちろん祐作も同じ思いだった。

「今夜は別室で寝るみたいだから、あんたはひとりでファミリールームってことになるね」

「僕ひとりで？　だったら、他のお客さんと替わったほうが」

「別のファミリールームのお客さん以外は、カップルだけだもん。あんな広い部屋なんか持て余すっての」

「そうですか……じゃあ、和々葉ちゃんはどの部屋に？」

「ゆうべ、あんたが寝てたとこ」

つまり、かりんと初体験を遂げた部屋ではないか。

もちろんシーツ類は取り替えたのだろう。だが、あのベッドで和々葉が寝るのかと考え、祐作は罪悪感に苛(さいな)まれた。

「ひとりで寝るのが寂しいのなら、あたしが添い寝してあげてもいいけど」

悪戯(いたずら)っぽい笑みを浮かべられ、ドキッとする。童貞を捧げたギャルは、明らかに一夜の逢瀬(おうせ)をほのめかしていた。

「いえ、だいじょうぶです」

きっぱり断ったのは、これ以上不誠実な真似をしたくなかったからだ。

(僕はやっぱり和々葉ちゃんと——)

危ないところを助けてあげられたし、多少は株が上がったはず。やはりセックスは好きなひととするべきで、いずれチャンスがあるのではないか。

もっとも、後藤たちに酷いことを言われたせいで、和々葉が男嫌いになった可能性もある。だとしたら目も当てられない。

いや、仮にそうなったとしても、自分が彼女の不安を解消してあげるのだ。そう決心した祐作は、

「ホントにいいの？」

再確認したかりんに、「ええ」と力強くうなずいた。

——と、謹厳実直な男振りを表明しながら、いざ床に就くと、淫らな期待が頭をもたげる。

（かりんさん、本当にここへ来るのかも）

そうなったら追い返せる自信はない。むしろ歓迎し、ひと夜の快楽に身を委ねるであろう。

己の意志の弱さが嫌になる。そういうだらしのない性格だから、恋人のいない寂しい人生を歩んできたのだ。

こんなことではいけないと邪念を振り払い、好きな女の子のことだけを考えようとしたものの、

（……和々葉ちゃん、明日、東京に帰れるのかな）

頭をよぎった疑問に、不安がふくれあがった。

明るくて物怖じせず、誰とでも仲良くやっていけるのが、菅谷和々葉という女の子だった。

その彼女が涙を流し、悲愴をあらわにしたのである。どれだけ傷ついたのかなんて想像に難くない。おそらく、立ち直るのに時間を要するだろう。

そうなると、しばらくこっちで過ごすことになるのではないか。もしかしたら、夏期休業のあいだじゅう。

（まさか、大学を辞めたりしないよな）

学業を中途で諦めた者は、祐作の周りにも複数存在する。理由は様々で、ここはどうも自分に合わないなどと、早々に大学を去った者もいた。近頃はそういう学生が珍しくないそうである。

和々葉がそんないい加減な子だとは思わない。学問や研究に関しては、かなり真面目なのだ。

しかし、真面目であるがゆえに、思い詰めるということもあり得る。

以前のままの和々葉に戻ってほしい。ひと晩寝たらすっきりして、また愛らしい笑顔を見せてくれたらと、祐作は心から願った。

そのとき、部屋のドアが静かに開く。こちらは常夜灯のみで、それよりは明るい廊下の明かりが差し込んだため、すぐにわかったのだ。

（ひょっとして、かりんさんが？）

というより、こっそり部屋に忍んでくるなんて、彼女以外に考えられない。最後の夜ということで、別れを惜しみに来たのではないか。

それも、肉体的に。

起きていたのを悟られぬよう、目をつぶる。胸を高鳴らせていると、その人物がすぐ近くに来た。

昨日一昨日と和々葉が寝ていたベッドは空いている。本当はそこで寝てもよかったのであるが、なんとなくためらわれた。

リネン類が取り替えられ、彼女の匂いが残っていなくては意味がない。なんて思ったからではなく、もしかしたら部屋に戻ってくるかもしれないと、淡い期待があったからである。

さりとて、部屋に来たのが和々葉でないのは、ほんのり漂う蠱惑的な香りからも明らかだ。

（え、誰だ？）

かりんとも違う気がする。昨晩抱き合ったときに嗅いだのは、もっと生々しい女くささだった。まあ、シャワーを浴びる前だったためもあるのだろうが。

けれど、今のこれは、香りの本質からして異なっている気がする。

（じゃあ、このひとは――）

脳裏に浮かんだ人物と、鼻腔に悩ましいフレグランスが完全一致する。そのひとからも、祐作は甘美な悦びを与えられたのだ。

「眠ったの？」

囁くような問いかけ。間違いない。

「いえ」

短く答え、瞼を開く。薄明かりでいっそう艶気の増した美貌が、すぐ目の前にあった。

ドクン――。

心臓の音が大きくなる。予想していた以上に至近距離で、顔を覗き込まれていたのだ。吐息のかぐわしさと、ぬくみがわかるほどに。

（菜々穂さん、どうしてここに……）

しかも、身にまとっているのは薄いナイティ。今朝、オナニーしているのを目撃したときに着ていたものではないのか。

ただ、ブラジャーをしているから、バストトップは透けていない。

朝のことも思い出して、夢でも見ているような気分に陥る。祐作は現実感を失いかけていた。

「今日はありがとう」

礼を述べられても、何をどう答えればいいのかわからない。間を置いてようやく「え？」と反応する。

「和々葉を助けてくれて」

顔の腫れを手当てしてもらったときにも、菜々穂には感謝されたのである。わざわざ部屋に来て、再びお礼を言われるのは、かえって心苦しい。

もっとも、それが目的の訪問ではなかったらしい。

「実は、祐作君にお願いがあるの」

「何ですか？」

「和々葉のこと。あの子を支えてあげてほしいの」

菜々穂によると、和々葉はかなり落ち込んでいるという。後藤たちに言われたことが、やはりショックだったのだ。

それでも予定通り、明日は東京に帰るとのこと。祐作はよかったと安堵した。

「だけど、完全に立ち直るには、まだ時間がかかると思うの。物怖じしないように見えて、けっこう繊細なところもあるから」

「そうですね」

「祐作君に任せてもだいじょうぶかしら？」

問いかけに、「はい」とうなずく。

「和々葉ちゃんは、僕が絶対に守ります」

力強く答えたものの、菜々穂の表情にはためらいが窺えた。

「本当に？」

「ええ」

「まあ、祐作君のことだから、頑張ってくれるんだろうとは思うけど」

信頼されていないのかと、祐作は悔しくなった。身を起こし、年上の人妻と真正面から向かい合う。

「僕を信じてください。和々葉ちゃんのために、どんなことでもしますから」

誠意を込めて訴えると、彼女の唇が少しだけ緩んだ。

「そう……」

菜々穂が目を細め、じっと見つめてくる。祐作は息苦しさを覚え、視線をはずしてしまった。

それがよくなかったのだろうか。

「ちょっと頼りないわね」

言われてしまい、情けなくなる。そんなことはないと反論しようとしたものの、

「祐作君、今朝、わたしの部屋を覗いたでしょ」

思いがけない指摘に、祐作は絶句した。

4

(え、気づいてたのか⁉)

菜々穂は自愛行為に没頭していたように見えたのに。

そもそも、彼女は一度もこちらを振り向かなかった。なのに、どうしてわかったのだろう。

「わたしの部屋に姿見があったんだけど、気がつかなかった？」

「姿見……」

「大きな鏡よ。ベッドの足元のほうにあったんだけど、そこに窓から覗く祐作君が映っていたの」

熟女のオナニーに魅せられ、昂奮の極み（きわ）にあったのだ。たとえ視界に入ったとしても、まったく気に留めなかったであろう。

「わたしが自分で——してるの、ずっと見ていたわね」

そこまで言われては、否定も申し開きもできない。

「すみません……」

恐縮して謝ったものの、菜々穂の顔を見たら、早朝の煽情的なシーンが蘇りそうになる。祐作は焦って記憶の底に押し込めた。

その反動で、疑問が浮かんでくる。

(菜々穂さんは、僕が覗いてるのを知っててオナニーを続けたのか?)

要は見せつけたということではないか。しかし、そんなことを言おうものなら、自分のしたことを棚に上げてと叱られるのは確実だ。

彼女のほうも、すぐに咎めなかった点を突っ込まれたくなかったらしい。

「かりんちゃんとのこともそうだけど、誘惑に乗りやすいっていうか、女性に対して我慢強さが足りない気がするんだけど」

と、前の出来事を持ち出して、祐作の欠点を指摘する。

「はい……その通りだと思います」

祐作は素直に認めた。しかし、

「それって経験がないから?」

この質問には、驚きのあまり絶句する。

経験というのがセックスを指すのだと、すぐにわかった。菜々穂は大人の女性であり、性的な話題を口にしてもおかしくない。

けれど、女を知らないから云々なんて決めつけは、正直下世話である。彼女には相応しくない。

（ていうか、菜々穂さんは、僕が童貞だと思ってるんだな）

わかっているのは、かりんと浴室で戯れたことのみ。昨晩の初体験は知らないようである。

そして、しごかれて長く持たずに射精したときの反応から、チェリーだと確信したのではないか。事実、あのときは未経験だったのだ。

ともあれ、祐作が黙っていると、

「女性に対して免疫がないと、和々葉のこともしっかり守れないんじゃなくて？」

菜々穂が訊ねる。心配してというより、こちらを窺うような面差しで。

彼女は、童貞の青年が血迷って、妹に襲いかかるのを危惧しているのか。それとも、経験がないと男として頼りないと考えているのか。

（ひょっとして、今回のことで和々葉ちゃんが男嫌いにならないように、彼氏に

なってほしいんだとか）

そうなったらセックスは避けて通れない。初めてのときにちゃんとリードできるかどうか気掛かりなのか。

（――いや、さすがに考えすぎか）

真意を測りかねながらも、

「そんなことはありません」

と、祐作は反論した。かなり弱々しい声だったのは、そこまで自信がなかったからである。

すると、菜々穂が小さくうなずく。

「わたしにお手伝いさせて」

「え？」

「祐作君が、和々葉をちゃんと守れるように、男にしてあげる」

男にしてあげるとは、すなわちセックスだ。悪い冗談かと思えば、こちらを見据える眼差しは真剣そのものだった。

（菜々穂さん、和々葉ちゃんのために、そこまでするっていうのか）

夫を裏切る行為だと承知の上で、筆おろし役を買って出るなんて。

すでに経験しているなんて、言えるはずがなかった。昨日の昼間の時点で童貞だったのは事実であり、そのあとセックスをしたとなれば、相手は限られる。

つまり、かりんに迷惑をかけることになる。

また、ここへ来る前から童貞ではなかったなんて主張しても、信じてもらえそうにない。祐作は嘘がつけない性格なのだ。

よって、このまま人妻の情けを受け入れるしかない。

拒むことはできたはず。旦那さんに悪いと強く訴えたら、菜々穂も引き下がるだろう。

なのに、そうしなかったのは、祐作自身も体験したかったからである。オナニーを目撃した、麗（うるわ）しい熟女と。

和々葉への罪悪感は、当然ながらあった。

仮に彼女とうまくいっても、このことを知られたら確実に嫌われる。人妻である姉と関係を持ったと知って、平然と受け止められるような子ではない。また傷つけることになってしまう。

それでも菜々穂に身を委ねたくなったのは、彼女が後ろ楯になってくれると思ったからだ。和々葉と恋人同士になれるように。

（和々葉ちゃんと結婚したら、菜々穂さんは義理のお姉さんになるんだし）

今のうちに仲良くなっていたほうがいいと、気の早いことも考える。実際にそうなったら、過去の関係があだになり、気まずくなる可能性もあるのに。

それでも、彼女の魅力に抗えない。断るなんて選択肢はなかった。

「は、はい。是非」

前のめりになってお願いすると、美熟女の眼差しがわずかに険しくなる。さすがにみっともなかったかと、祐作は首を縮めた。

「じゃあ、そこに寝て」

顎をしゃくって命じられる。わざとつっけんどんにしている印象があった。

（特別な感情はないってことにしたいんだな）

あくまでも童貞卒業という目的を遂げるための行為。それ以上でも以下でもないと、無言の約束を交わすかのようだ。

それとも、照れ隠しで冷淡に振る舞っているのか。

祐作が仰向けで横たわると、菜々穂が短パンに両手をかけた。脱がされるとわかり、さすがに戸惑いを覚える。

たとえ、一度見られたあとであっても。

（ええい。僕はもう童貞じゃないんだ。うろたえるな）

自らを叱ったものの、あまり落ち着き払っていては、実は経験しているのかと疑われる恐れがある。ここはドキドキソワソワするべきだ。

そう考えたから、

「あ、あの」

と、怯えたフリをする。すると、彼女の頬が緩んだかに見えた。

「前にも一度見せてるでしょ」

口調もどこか楽しげだ。何も知らない青年を導くのが、嬉しくてたまらないというふう。

（ひょっとして、ただ僕とセックスがしたかっただけなんじゃないのか）

思ったことを口には出さず、渋々と尻を浮かせる。人妻の手が即座に動き、短パンとブリーフを迷いなく引き下ろした。

「ああ」

洩れた嘆きは演技ではなかった。恥ずかしくてたまらなかったのだ。

なぜなら、ペニスが平常状態だったのである。包皮が亀頭を完全に隠しており、いかにも未成熟な眺め。

「え？」

陰毛(いんもう)の上に力なく横たわる肉器官を認め、菜々穂があからさまに落胆する。その部分が逞(たくま)しくいきり立っているところを期待したのか。

「どうしてタッてないの？」

本音を口にして、さすがにはしたないと反省したらしい。彼女が口をつぐむ。

祐作とて、昂りがふくれあがっていたのは事実である。しかし、やはり展開が急すぎたのだ。

「菜々穂さんと体験できるとわかったら、緊張しちゃって」

申し訳なさをあらわにすると、人妻がふうとひと息ついた。

「しょうがないか。初めてなんだし」

ざっくばらんな言葉遣いが、妙に嬉しい。ふたりの距離が、ぐっと縮まった心地がした。

短パンとブリーフを爪先からはずすと、

「脚を開いて」

菜々穂が命じる。素直に従うと、のばされた手が軟(やわ)らかな秘茎を摘まんだ。

「うう」

くすぐったい快さに呻いてしまう。次の瞬間、海綿体に血液がドクドクと流れ込む感覚があった。

「あら？」

人妻が目を瞠る。包皮を剝くように動いた指がさらなる悦びを呼び込み、牡のシンボルがぐんと伸びあがった。

「すぐ元気になるのね」

艶っぽい微笑を向けられ、祐作は羞恥に苛まれた。勃起する過程をまじまじと観察され、居たたまれなかったのだ。

ピンとそそり立った分身に、五本の指が巻きつく。強めに握られ、身をよじりたくなる快感が体幹を伝った。

「な、菜々穂さん」

思わず名前を呼んでしまうと、彼女が目を細めた。

「気持ちいい？」

「はい、すごく」

「だったら、これはどうかしら」

屹立の真上に、菜々穂が顔を伏せる。まさかと思ったときには、赤く腫れた亀頭が唇の内側に吸い込まれていた。

チュパッ。

吸い音が軽やかに響く。今度は軽い痺れを伴った愉悦が生じた。

(菜々穂さんが僕のペニスを――)

床に就く前にシャワーを浴びたけれど、不浄の器官であることに変わりはない。そこを口に含まれたばかりか、舌がてろてろと回り出した。

清楚で淑やかな年上女性。ひと目見て憧れを抱いた彼女が、フェラチオをしている。

人妻なのであり、夫にもお口の奉仕をしているのだろう。そうと理解しつつも、眼前の光景がとても信じられなかった。

「ん……ンふ」

鼻息をこぼしながら吸茎する美熟女は、同時に陰嚢もさすってくれる。太腿との境界部分、汗で湿ったところも指先でくすぐられ、申し訳なくなった。そこが動物的なアポクリン臭を放つところだと知っているからだ。

ただ、妙に気持ちよかったのも事実。

(うう、ヤバい)

早くも昇りつめそうになり、祐作は焦った。

童貞という設定にのっとれば、ペニスをしゃぶられてたちまち危うくなるのは自然である。一方、ひとりの男としては、あまりに早すぎてだらしないという思いもあった。

ここは正直に伝えるべきだと、祐作は半身を起こして菜々穂の肩に触れた。

「も、もう出そうです」

ところが、彼女は横目でこちらを窺っただけで、漲り棒から口をはずさない。おまけに、舌をピチャピチャと派手に躍らせた。

さらに、筒肉の根元に回した指の輪を、小刻みに上下させたのである。

「うあ、あ、あ、あ――」

祐作は堪えようもなく背中を蒲団に戻し、ハッハッと息をはずませた。

（まさか、このまま……）

射精に導かれるのか。

あるいは、初めてだから堪え性がなく、挿入するなり爆発するのを危ぶんだのかもしれない。そのため、一度出して耐性をつけようとしているのだとか。

意図がわかっても戸惑ったのは、このまま口に出させるつもりだと悟ったからである。

(そんなのまずいよ)

口内発射はかりんにもしたし、あのときは精液も飲まれた。だが、菜々穂にまでするのは畏れ多い。人妻の清らかな唇を穢す気がした。

まあ、こんな心境を知られたら、《あたしは何なのよ⁉》と、かりんは気を悪くするだろうが。

(菜々穂さん、旦那さんのも飲んであげてるんだろうか)

それが普通だったから、他の男にもできるのかもしれない。少なくとも経験はあるはず。

もっとも、ここは口に出させるだけで、すぐに吐き出すのであろう。だったらかまわないかと、情けを受け入れる心づもりになる。

彼女も嫌々しているわけではない。ねちっこい舌づかいは、早く射精しなさいと急かしていた。

おかげで、一直線にオルガスムスへ向かう。

「な、菜々穂さん、もう出ます」

予告すると、彼女が小さくうなずいた。玉袋をあやすように揉み、強ばりきった肉棹もゴシゴシと摩擦する。

「うあ、あ、いく、出る」

腰をガクガクと揺すりあげ、祐作は昇りつめた。熱情のエキスが尿道を通過するたびに強烈な快美感が生じ、意識が飛びそうになる。

「ンぅ」

小さく呻いた菜々穂が、舌をくるくると動かすのがわかった。次々と放たれる青くさいザーメンをいなしているのだ。

(うう、すごく出てる)

長く続く射精に、祐作はまずいと焦った。このままでは睾丸のタネをすべて出し尽くし、セックスができなくなるのではないかと。

ドクン――。

最後の雫を搾り出してもなお、菜々穂は舌を動かし続けた。絶頂して過敏になった粘膜を刺激され、悶絶しそうになる。

「も、もう出ません」

腰をよじり、半泣きの声で訴えると、ようやく舌が止まった。

彼女が顔を上げる。おそらく虚ろな目をしていたであろう祐作を見つめ、喉をコクッと鳴らした。

「え？」

一瞬で現実に引き戻される。飛び起きようとしたものの、からだにまったく力が入らなかった。

(飲んだんだ、僕のアレを)

堪能しきったみたいに息をついたから間違いない。

「いっぱい出たみたいね」

そう言って目を細めた美熟女に、祐作は罪悪感を募らせた。そのくせ、うっとりする快さが続いていたのは、菜々穂が牡の急所を撫でていたからである。射精する前から休むことなく。

そのせいなのか、唾液に濡れたペニスは完全に縮こまることなく、五割がたふくらんだままであった。

「まだできそう？」

彼女は祐作ではなく、秘茎そのものに訊ねた。白魚(しらうお)の指をのばし、くびれ部分を摘まむ。

「くぅ」

くすぐったい快感に目がくらむ。自然と腰が浮きあがり、息づかいが荒くなった。

「ここ、気持ちいい？」

段差のところをすりすりとこすられては、呻くことしかできない。もっとも、答えなくても反応で、どれほどの悦びを得ているのかわかったはずだ。

海綿体に血液が舞い戻る。ビクッ、ビクッと鈍い痛みを伴いながら脈打つシンボルは、時間をかけることなく上向きになった。

「また勃っちゃった」

自分がそうなるよう愛撫したのに、菜々穂が他人事みたいに言う。ただ、目は嬉しそうに笑っていた。

(菜々穂さん、こんな顔もするのか)

淑やかさゆえに、どこか近寄りがたい印象もあったのだ。けれど、今のは飾らない自然の笑顔のよう。親しみが持てる。

(やっぱり和々葉ちゃんのお姉さんなんだな)

そんなことは最初からわかっていたし、ふたりは顔立ちも似ている。とは言え、あくまでも事実として知っていただけのこと。年が離れていて、性格も違っていたから、いっそドラマの設定みたく受け止めていた。

しかし、今の笑顔で、姉妹であると実感する。

「すぐに挿れちゃう？」

硬くなった肉棒をゆるゆるとしごき、菜々穂が首をかしげる。祐作は「いえ」と首を横に振った。

「え、どうして？」

「僕はまだ、菜々穂さんに何もしていませんから」

対等に愛撫を交わし、お互いに高まったところでひとつになりたい。要は彼女を濡らしてあげたかった。

「それって、わたしも感じさせたいってこと？」

「はい」

「どうして？」

「女のひとってエッチする前に、アソコを濡らさなくちゃいけないんですよね」

情報過多の時代である。童貞でもそのぐらい知っていておかしくない。現に祐作もそうだったのだ。

「ふうん。よく知ってるのね」

感心したようにうなずいた菜々穂が、ペニスを解放する。腰を浮かせ、インナーの裾から手を入れると、パンティを脱ぎおろした。

ベージュ色のシンプルなインナーは、熟女だからこそ似合うもの。穿いていたところをもっと見たかったと、今さら遅い後悔をする。

まあ、そんなことはどうでもいい。いよいよ彼女が恥ずかしいところをさらけ出したのだ。そこを目にし、触れられるのだと考えるだけで、全身に昂りが満ちあふれる。

ところが、菜々穂は脱いだ薄物を、祐作の顔にふさっと被せたのだ。鼻から目元にかけて、ほのかに温かく、甘い香りのする布で覆われる。

（え、どうして？）

視界を奪われ、反射的にパンティをはずそうとしたところ、

「それ、取っちゃダメよ」

即座に釘を刺されてしまった。

「取ったらエッチしないからね」

そこまで言われては、従うより他ない。

「わかりました……」

祐作は右手首を掴まれた。そのまま導かれると、絡みつくような毛に指先が触れる。

（これって──）

位置からして、間違いなく人妻の恥毛だ。

見えないのなら、せめて手探りで秘苑の佇まいを確かめたい。なのに、強ばったみたいに指が動かなかった。

勝手なことをしたら叱られるのではないか。そんな危惧があったのは確かである。

また、童貞に女性を歓ばせる技量が備わっているはずがない。ヘタなことをしたら、実はすでに経験していると見抜かれる恐れもあった。

もっとも、祐作は女芯を指で愛撫したことがない。かりんを絶頂させたのはクンニリングスだ。

さすがに舐めさせてほしいとは言えず、手首を引かれるまま指を秘肉の裂け目へと忍ばせる。

ヌルッ──。

指がすべる。温かな窪地には、粘っこい蜜が滲んでいた。それも、指先が濡れるのがわかるほどしとどに。

「あん」

色っぽい声を洩らした菜々穂が、股間をギュッと閉じたようだ。指を強く挟まれてわかった。

「濡れてるの、わかる？」

震える声の問いかけに、祐作は「はい」と答えた。顔に載ったパンティの柔らかさと甘い香りに、悩ましさがぶり返すのを感じながら。

「わたしを感じさせたいっていう気持ちは嬉しいけど、ちゃんと濡れてるからだいじょうぶよ」

愛撫が不要だと教えるために、わざわざ秘苑に触れさせたらしい。

（てことは、菜々穂さんは昂奮してるんだ）

ペニスを愛撫し、射精させたことで昂ったのか。それとも、ここへ来る前から淫らな行為を期待して、愛液をこぼしていたのだろうか。

閉じた股間が緩み、指をはずされる。濡れたところが外気に触れて、わずかにひんやりした。

「そのまま寝てるのよ。パンツも取らないで」

「わかりました」

素直に了解したものの、祐作は不安だった。菜々穂の動きが見えなかったからである。

それでも、敷き蒲団の下にあるマットの沈み具合から、彼女が下半身のほうに移動したのがわかる。続いて、腰を跨がれる気配。

（あ、それじゃ）

騎乗位で交わるのだと判明する。かりんとの初体験もそうだった。

牡の猛りが上向きにされる。ふくらみきった亀頭の尖端に、濡れたものが密着した。さっき指で確認した、女体への入り口である。

「おとなしくしてなさい」

菜々穂が忠告する。祐作は無言でうなずき、その瞬間を待ちわびた。

肉槍が前後に動かされ、穂先が恥割れにこすりつけられる。潤滑して挿入しやすくするつもりなのだ。

動きが止まる。彼女がひと息ついたようだ。

「じゃ、するわよ」

声をかけられて返事ができなかったのは、その瞬間を今か今かと待ちわびていたからである。

そそり立った分身に、真上から力が加わる。濡れた中に、ジワジワと入り込むのがわかった。

（ああ、いよいよ）

狭い入り口が徐々に開き、亀頭がミリ単位で侵入する。裾野が狭まりを乗り越えそうだと思ったとき、
ぬるん――。

丸い頭部が入り込み、入り口の輪っかがくびれを締めつけた。

（入った！）

だが、そこで終わりではない。さらなる重みが加わって、ペニス全体が温かな淵に沈んだ。

（ああ、素敵だ）

まといついた柔ヒダが、心地よい締めつけを与えてくれる。それも気持ちよかったが、憧れのお姉さんと結ばれた感激は、もっと大きかった。

（とうとう菜々穂さんと――）

ふたり目の女性と体験したのだ。このペンションに来たときには、まだ童貞だったというのに。

そのとき、脳裏に和々葉の面影がよぎる。

（今だけだよ。これからは、和々葉ちゃんとしかしないから）

胸の内で約束し、彼女の姉に意識を向ける。腿の付け根に重みをかける熟れ尻にも、不思議と満たされる心地がした。

5

（とうとうしちゃった）

体内に迎えたものの感触に、菜々穂は後悔を嚙み締めた。

愛する夫を裏切ったのである。やはりするべきではなかったという思いを打ち消したのは、祐作のペニスであった。

（すごく硬いわ）

少しも余裕がないぐらいにガチガチで、脈打ちも著しい。さっき、多量の精液をほとばしらせたばかりだというのに。

（やっぱり若いのね）

相手はひと回りも年下の青年で、初めてをいただいたのである。その感動が、罪悪感を押し流してくれるようだ。

祐作とセックスしたいと思ったのは、今朝だった。

昨日の午後、手で射精に導いたときには、そんな心境にならなかった。かりんとの浴室プレイを盗み聞きして、淫らな気分になったのは確かながら、彼は怪我人だったし、処理役を買って出たのはオーナーとしての義務感からであった。

粘っこい樹液が飛び散るところを目撃したあと、菜々穂は急激に冷めた。なんてことをしてしまったのかと悔やみ、部屋から逃げたのはそのためだ。

それでいて、早朝から手淫奉仕のあらましを振り返り、自慰をした。後悔こそしても、あれは胸はずむ鮮烈な体験だったのである。

その最中に、姿見に映る祐作に気がついた。途端にあやしい情動がこみあげ、オナニーを続けてしまった。

鏡を介してだから、彼の表情をつぶさに観察できたわけではない。だが、目がギラついていたようだし、強く求められていると感じた。

不快感や嫌悪感は一切なかった。むしろ、若さゆえの一途さに好感を抱いた。どうしてなのか、自分でもよくわからなかったけれど。

その後、祐作が和々葉を助けたことで、好感が好意へと昇華される。それにより、間違いなく童貞であろう彼を男にしてあげたいと、母性みたいな感情も湧きあがった。

妹を支えてほしい気持ちは確かにある。けれど、そのためにセックスを体験する必要があるなんてのは、ただのこじつけだ。要は妹をダシにして、童貞を奪ったのである。

おそらく不貞行為の最大の要因は、性的に満たされていなかったことにある。やはり寂しかったのだ。そんなのは身勝手な弁明だと、もちろんわかっているけれど。

強ばりきった牡棒を無意識に締めつけながら、菜々穂は彼の顔に載ったベージュのパンティをはずした。

いたいけな眼差しが、こちらを見あげてくる。うっとりした中にも、不安な内心を隠せないのが初々しい。

「わかる？」

短い問いかけに、祐作が小さくうなずく。そのとき、膣内の強ばりがしゃくりあげるように脈打った。自身の状態を確認するためだったのか。

「祐作君のオチンチン、オマンコに入ってるのよ」

そんな卑猥な単語を口にしたのは、生まれて初めてだ。ずっと年下の、頼りなげな男の子を前にしたら、言わずにおれなかったのだ。

彼のほうも、びっくりしたように目を瞠る。だが、こちらを軽蔑した様子はない。一瞬で情欲にまみれたみたいに、瞳をギラつかせた。

（可愛いわ）

胸が疼く。セックスでこんな気持ちになるのは初めてだ。

「動くわよ」

腰を緩やかに前後させる。一度出したあとでも、初めての経験なのだ。いきなり激しくしたら爆発するだろう。

自身が絶頂することは望んでいなかった。硬くて新鮮なペニスを迎え入れただけで、心情的に満足していたのである。正直、セックスの快感以上に、身も心も満たされていた。

「あ、あ」

筆おろしという目的を遂げた今、あとは膣奥にほとばしりを浴びるのみ。

若茎を女芯でこすられ、祐作が喘ぐ。唇を半開きにし、瞼を閉じて悦びに漂う姿に、ときめきが止まらない。

「気持ちいい?」

「は、はい」

「出したくなったら、いつでも出していいからね」

「え?」

目を開けた青年が、不安げな面持ちを見せる。避妊しなくていいのかと、心配しているのだ。

初体験なのに、ちゃんと女性のことを気遣えるなんて。

(いい子だわ)

いや、彼自身に思いやりがあるからこそ、こういう場合でも気配りができるのだろう。

今は学校でも避妊を教えると聞くから、これも性教育のたまものなのか。

妹を託して正解だったと安心し、菜々穂はほほ笑んだ。

「今日は安全日なの。だから、中に赤ちゃんのタネを出しても妊娠しないわよ」

中学生を相手にするみたいに説明したのは、彼にとって初めての経験だと信じていたからである。さすがに子供扱いが過ぎたかと反省したものの、

「わかりました」

祐作が素直な返事をする。

（本当にいい子ね）

もしも妹――和々葉と結ばれてくれたら、彼は義弟になる。姉さん、あるいはお姉ちゃんなんて呼ばれたら、胸がきゅんきゅんしまくるのではないか。

そしてまた、イケナイ関係を持ってしまったり。

義理の弟とそんなことになったらどうしようと、気の早い心配をする菜々穂である。妄想が過ぎるわよと自らを咎め、今度は時計回りで腰を回転させた。

「ああ、な、菜々穂さん」

祐作が切なげに喘ぎ、身をくねらせる。蜜穴に締めつけられる肉根が、雄々しく脈打った。

（感じてるんだわ）

夫との行為でもそうだが、パートナーが悶える姿に、菜々穂は昂奮するのである。もっと気持ちよくしてあげたい、いっそ苛めてあげたいと、欲望がふくれあがるのだ。

今は相手がずっと年下ということもあり、後者の欲求が著しい。意識して膣を締め、腰の動きを大きくした。

「ああ、あ、ううう」

早くも果てそうなのか、祐作が顔を歪める。目尻に涙を光らせて、懸命に爆発を堪えているようだ。

そんないたいけな反応にも煽（あお）られ、菜々穂は前屈みになった。彼の両脇に手を突いて、成熟したヒップを上げ下げする。

タンタンタン……。

太腿の付け根に臀部（でんぶ）が衝突し、リズミカルに音を鳴らす。かき回される蜜壺（みつつぼ）も、ヌチュッと粘っこい音をこぼした。

「うあ、あ、うう、だ、駄目です」

青年の息づかいがせわしなくはずむ。ペニスもさらにふくらんで、硬度が増した感じがあった。

すぐにでも降参するかと思えば、祐作は意外と我慢強かった。下唇を嚙み、目尻に溜まっていた涙をこぼしながら、イクまいと懸命に堪えている。

そうやって抵抗されると、ますます意地悪をしたくなる。

（いつまで頑張れるかしら）

上下する尻の振り幅を大きくし、ぷりぷりしたお肉を力強く叩きつける。

パツッ、パツッ、パツンっ――。

打擲音が湿った色合いに変化する。結合部がこぼす粘つきも、グチュグチュといっそう卑猥になった。

「ううう」

歯を食い縛っているらしく、祐作は呻くだけになった。眉間のシワが深い。

（なかなか頑張るわね）

いつでも出していいと言ったのに、ここまで長引かせるなんて。簡単にイッたらみっともないと、男としてのプライドがあるようだ。

そう判断した菜々穂は、彼に別の目的があるなんて、この時点では予想もしなかった。

（あ、まずいかも）

奥を突かれたとき、腰がブルッと震えたことで悟る。自身もかなりのところまで高まっていると。

夫とのセックスなら、遠慮なく昇りつめるところである。けれど、今はそういうわけにはいかない。年下の男の子に、はしたなく乱れるところを見せられなかった。

「ほら、もうイッちゃいなさい」

励ますように言い、腰振りの速度を上げる。

豊臀(ほうでん)を勢いよく打ちつけることで、青年の陰嚢がはずむ。それがアヌス付近にぽむぽむと当たるのにも、あやしい昂りを覚えた。

おかげで、性感の上昇角度が急になる。

（お願い、イッて。早く）

ハッハッと呼吸を荒くして、屹立を蜜壷で摩擦する。快感を与えることでくびれの段差が際立ち、内部のヒダが掘り起こされた。

そのたびに、電流みたいな快美が生じる。

「ああ、あ、いやぁ」

堪えようもなくよがってしまう。下半身が気怠(けだる)さを帯びてきたのは、女性上位の交わりで疲れたせいだけではなかった。

このままでは、遠からず頂上に達してしまう。

（……いいわ。だったらいっしょに——）

同時に昇りつめれば、相手に合わせたということで面目が立つ。とにかく、こちらが先にイクのは御法度だ。

いっそう熱くなり、濡れ方も著しい女芯で懸命に若茎をこすっていると、

「な、菜々穂さん、もう」

ようやく祐作が観念する。

「いいわよ。わたしもうすぐだから、いっしょにイキましょ」

告げると、彼が嬉しそうに目を細めた。それを見て確信する。

（この子、わたしをイカせたくて頑張ったのね）

ただ長引かせたかったのではない。互いに気持ちよくなることを望んだのだ。

なんて健気なのかと感激しつつ、自身の上昇を彼に合わせる。ふたりの息づかいがシンクロして、右上がりの曲線が重なった。

「あ、あ、いきます。菜々穂さん」

「いいわ。わ、わたしもイク」

甘い痺れが体内を駆け巡り、あちこちで火花を散らす。それがひとつにまとまろうとしたとき、

「ううう、で、出る」

青年が腰をガクンガクンと跳ねあげた。

「あひっ、い、いいい」

菜々穂も絶頂した。子宮口を何度も突かれて、頭の中が真っ白になる。

「ああっ、あ、あくぅ、う、ううう」

祐作の股間に坐り込み、臀部の筋肉を幾度も引き締めた。

(……イッちゃった)

豊かな気持ちで、胸が満たされる。

膣奥に溜まった温かな樹液。もしも危険日だったら、卵管を泳ぎ切った精子が卵子に辿り着き、受精したに違いない。

そうなってもよかったのにと考えている自分に気がつき、菜々穂はあきれた。

(何を考えてるの？　まったく)

ただ、子供を望んでいたのは事実。夫の賢治が次にここへ来たら、是非ともたっぷり注いでもらおう。

妊娠したら、ペンションの従業員を新たに雇う必要がある。だが、いい機会だと、彼がこっちへ移住する気になるかもしれない。

そうなったらいいと願いつつ、瞼を閉じてオルガスムスの余韻に漂う祐作を、真上から覗き込む。愛しさが募り、そっとくちづけた。

「ん――」

その瞬間、からだを強ばらせた青年が、歓迎するように抱きついてくる。舌を入れると、情熱的に吸ってくれた。

かりんと唇を交わしていないのなら、ファーストキスも奪ったことになるのだろうか。そんなことを思いながら、情熱的なくちづけにうっとりする。

窓の外では、早くも秋の虫が鳴いていた。

第四章　捧げられた純情

1

東京に向かう電車の中で、和々葉はずっと黙っていた。

祐作が話しかけると、短い反応こそ返すものの、会話は続かない。そのため、あとのほうはふたりとも無口になった。

(和々葉ちゃん、だいじょうぶかな)

さすがにもう泣いてはいない。だが、チャームポイントである笑顔を、まったく見せてくれなかった。

深く傷ついたのであり、そう簡単には笑えまい。もっとも、その表情は悲しんでいる感じではなかった。考えごとをしている、あるいは悩んでいると、そんなふうに見えたのである。

何にせよ、菜々穂にも頼まれたのだ。支えてあげなくてはならない。

大学の最寄り駅で降りる。和々葉の住まいはこの近くだと聞いていた。

「家まで送っていくよ」

荷物を抱えて告げると、彼女は「ありがと」と小さな声で言った。拒まれなくて安堵する。

五分ほど歩いて着いたところは、小綺麗なアパートだった。

大学や専門学校が複数あるこの界隈には、学生向けのアパートやマンションが多い。そのひとつなのだろう。外観からして女性向けらしい。

二階建てで、全部で十部屋。入り口部分がちゃんとあって、マンション並みにセキュリティーもしっかりしていた。これなら若い女性も安心して住める。

和々葉の部屋は一階の角だった。

(やけに静かだな……)

今は午後で、夕刻に近い。他の部屋の住人は出かけているか、帰省中ではなかろうか。

和々葉が解錠してドアを開けると、部屋の中の熱気が解き放たれた。夏のあいだ、四日も閉め切っていたのだから当然か。

「荷物、中まで運ぼうか？」

申し出に、彼女は「うん、お願い」と短く答えた。

入ってすぐがキッチンで、トイレとバスルームらしきドアもある。奥は八畳ほどの洋間だった。

余計なものを排除したという趣（おもむき）の室内は、ベッドとドレッサー、本棚以外に目立つものはない。可愛らしい置物やぬいぐるみも皆無だ。

（和々葉ちゃんらしいな）

シンプルな眺めに好感を抱く。普段の装いも飾り気がないし、すっきりした部屋はいっそ清々しい。

それでも鏡付きのドレッサーがあるあたり、女の子だなと感心する。

和々葉がエアコンを操作するあいだに、荷物を部屋の隅に置く。

「じゃあ、僕はこれで」

祐作はおいとましようとした。女性の独り暮らしの部屋に長居すべきではない。本当の意味で親しくなったら別であるが。

その日が来るまでは、同じゼミの友達として仲良くしていこう。彼女が笑顔を取り戻せるように。

「あ、待って」

呼び止められ、振り返った祐作は胸を高鳴らせた。和々葉が縋るような眼差しを向けていたのだ。

「な、何？」

「荷物を運んでもらったし……お茶ぐらいご馳走させて」

「あ、うん」

「ここに坐ってて」

勧められて、セミダブルサイズのベッドに腰掛ける。途端に、甘い香りに包まれる心地がした。寝具の残り香であろう。

電車でも彼女の隣に坐っていたが、匂いはほとんど感じなかった。今は密室で、もともと室内に漂っていたぶんもあって、意識するようになったのか。

思わず深々と吸い込みそうになったところで、和々葉が戻ってくる。祐作は慌てて居住まいを正した。

「ごめんね。こんなのしかなくて」

手渡されたのはペットボトルのお茶だった。冷蔵庫に入っていたらしく、よく冷えている。

「ありがとう」

受け取ってキャップをはずす。すぐに口をつけたのは、気持ちを落ち着かせるためだった。

なぜなら、和々葉がすぐ隣に坐ったからである。

電車の中や、並んで歩いているときにはわからなかった、甘酸っぱい体臭。エアコンの涼しい風が邪魔な熱気を押し流しており、おかげで鈍くなっていた嗅覚が鋭くなったようだ。

喉を潤してひと息つく。和々葉は俯きがちにちょこんと坐っており、いつもより小さく見えた。

「菅谷さんは飲まないの？」

彼女は自分の飲み物を持ってこなかったのだ。

「ん……」

ちょっと迷ってから、祐作の持っていたペットボトルに手をかける。自然な動きだったから、そのまま渡してしまった。

和々葉はためらいもせず飲みかけに口をつけ、コクコクと喉を鳴らした。

（……え、間接キス？）

少し経ってようやく気がつく。順番が逆のほうが良かったのにと、祐作は男子中学生みたいなことを考えて残念がった。

お茶を飲み、こちらを向いた和々葉にまたドキッとする。唇が濡れて赤みを増し、やけに色っぽかったのだ。

「こういうの、谷川君も嫌い？」

「え？」

「わたし、普段からよくやっちゃうの。男女関係なくそれちょうだいとか、普通にスキンシップをしたりとか」

「ああ、うん」

「だからあの子たちに、ヘンな誤解をさせちゃったんだよね」

懺悔（ざんげ）するみたいに言って、落ち込んだ顔を見せる。そんな彼女に、祐作は胸が痛んだ。

（やっぱり気にしてたんだな）

それはそうだろう。簡単に忘れられるようなことではない。

何とか立ち直らせてあげたい。祐作はペットボトルを奪い取ると、再び口をつけた。

「谷川君？」

和々葉の戸惑った声を耳にしながら、ボトルの底を天井に向ける。残ったぶんを一気に飲み干した。

「ふう」

息をついて、彼女に向き直る。

「全然嫌いじゃない」

きっぱり告げると、愛らしい女子学生が目を丸くする。

「菅谷さんはごく普通に振る舞っているだけだし、むしろ誰とでも仲良くできるのは素晴らしいことだと思うよ。もしもそれで誤解するやつがいるとしたら、誤解するほうが悪いんだ」

祐作の言葉がすぐには呑み込めなかったのか、和々葉が戸惑いを浮かべた。それでも間を置いて、

「うん……ありがと」

礼を述べ、ちょっとだけ目を潤ませる。

「でも、ふたりがヘンな気を起こしたのは、わたしのせいなんだし」

「それも違うよ。痴漢に遭うのは満員電車に乗るからだって、女性のせいにするのといっしょだもの。悪いのは痴漢に決まっているし、菅谷さんに酷いことをし

た、あのふたりこそ反省すべきなんだ」

　好きだから肩を持っているわけではない。あくまでも祐作の本心だった。だからこそ真剣に訴えられたし、彼女にもわかってもらえたようである。

「そう言ってもらえると、わたしも気持ちが楽になるわ」

　和々葉の口許がわずかに緩む。笑顔とまではいかないが、いくらかでも穏やかな心情になれたようだ。

「あの、でもね」

　彼女がまたちょっと表情を曇らせたものだから、祐作は心配した。

「え、何？」

「わたしが男子の気持ちを理解してないっていうのは、たぶんその通りなの。そのせいで誤解させちゃうことって、今後もあるかもしれない」

　そうかなと、祐作は首をかしげた。明るくて友達も多い和々葉が、ひとの気持ちを理解していないなんてあり得ないと思った。

「そんなことないと思うけど」

「ううん、あるの。だって、わたし、男子のことを全然知らないから……」

　次第に小声になったことで、察するものがあった。

いか。

（え、それって？）

知らないとは生物学的にとか、もっと露骨に性的な意味で言っているのではないか。

和々葉に特定のボーイフレンドとか、彼氏がいるなんて話を耳にしたことはなかった。また、男とふたりでいたなんて目撃談も皆無だ。祐作を部屋に招いたこの状況は、彼女にとって初めての経験なのかもしれない。

明るくて社交的でも、付き合いはすべて友達止まりなのだろう。よって、処女だと言われれば納得できる。

（だけど、本当にそうなのか？）

疑っているわけではない。そのことを自分とふたりっきりの場で打ち明けたことが信じ難かった。

「ええと、知らないって？」

いちおう確認すると、和々葉は暫し迷いを見せてから話し出した。

「だから、男子は女の子のどういうところが気になるのかとか、どんなときにエッチな気持ちになるのかとか、あと、単純に、からだの仕組みとか」

頬がほんのり赤くなっている。笑顔を明るくはじけさせていた彼女の、こんな顔を見るのは初めてだった。

「か、からだの仕組みって、保健体育で習わなかった？」

うろたえ気味に質問すると、わずかに眉（まゆ）をひそめる。

「それってただの理論だもの。どんなことでも実践を伴わないと、正しく理解できないと思うわ」

唐突に学問的な姿勢を示され、面喰らう。

似たようなことは、指導教官も言っていた。しかし、それを鵜呑（うの）みにしての発言ではなかろう。和々葉自身が、そういう心境になっているのだ。

「だから、谷川君に協力してほしいの」

彼女がいきなり顔を近づけてきたものだから、祐作は心臓が止まるかと思った。

アップになった美貌（びぼう）が、大きな目を潤ませる。切なる思いを訴える、真摯（しんし）な輝きを帯びていた。

「きょ、協力って？」

「男の子の仕組みを、ちゃんと知っておきたいの。もう、あんなことを言われたり、されるのはイヤだから」

性的に未熟だったから、気づかぬうちに思わせぶりな態度を取ってしまい、男たちを妙な気にさせたと反省したのだろう。そして、二度とそんな目には遭いたくないと、男を学ぶ決意を固めたようだ。

しかし、協力とはどういう意味なのか。

「お願い。こんなこと、谷川君にしか頼めないの」

好きな子から縋る目でお願いされて、どうして拒めようか。

「う、うん……いいけど」

「よかった」

安堵の面持ちになった彼女が、口許をほころばせる。ようやく目にすることができたキュートすぎる笑顔に、祐作は萌え死にするかと思った。

2

(いや、これは恥ずかしすぎるって)

萌え死にから一転、羞恥で悶え死にしそうな祐作である。なぜなら、ハーフパンツとブリーフを脱いだ下半身すっぽんぽんの恰好で、ベッドに横になっているのだから。

おまけに、剝き身の股間を、ふたつの目がまじまじと観察している。腰の脇に坐った和々葉が身を屈め、その部分を覗き込んでいた。

「これがペニスなのね」

真剣な眼差しでうなずかれ、ますます居たたまれなくなる。お遊びみたいに指で突かれたり、からかわれたりしたほうが、まだマシだったろう。

(くそ……こうなるって、どうして気づかなかったんだろう)

男の子の仕組みを知りたいと言われ、あれこれ説明すればいいのだと思っていた。その前に、彼女が実践という言葉を口にしたのを忘れて。

まさか実物で学ぶつもりだとは、予想もしなかった。

下を脱いでベッドに寝るように言われて、もちろん拒んだのである。けれど、

『協力してくれるって言ったじゃない』

憤慨の面持ちで責められては、聞き入れるしかなかった。

昨晩、菜々穂とセックスしたあと、シャワーで汗を流した。そのあとは特に洗っておらず、しかも帰宅の長旅で汗をかいた。股間は蒸れた匂いをさせているはずである。

和々葉は間違いなく、それをまともに嗅いでいるのだ。時おり小鼻をふくらま

せ、悩ましげに眉根を寄せるからわかる。

実は、その前にシャワーを使わせてほしいと頼んだのだ。ところが、男の有りのままを学びたいからと訳のわからない主張をされ、今に至っているのである。

（罰が当たったのかも）

祐作はふと思った。かりんのパンティに染み込んだ、生々しい匂いに昂奮したことを思い出す。

また、初体験のときにも、あからさまな性器臭を嗅いだのである。かりんが自らそうさせたのであり、嫌がっているようには見えなかったが、実は恥ずかしかったのかもしれない。ギャルのポリシーとして、男に弱いところを見せなかっただけで。

ともあれ、あんなことをしたから、こうして自分が辱めを受けることになったのではないか。

「これって、ボッキしてないんだよね？」

和々葉が訊ねる。目は男性器に向けられたままだ。こちらを見ようとしないのは、照れくさいからだろう。

「うん」

祐作はうなずいた。何も知らない処女に、いきなりエレクトした牡器官を見せつけるのはあんまりな気がして、懸命に自重していたのだ。

もっとも、緊張していたために勃起しなかった部分もある。無垢な視線を浴びて、秘茎がいっそう縮こまったぐらいなのだから。

そのため、ブリーフを脱いだときにそれとなく剝いた包皮が、亀頭を半分以上も隠していた。

「どうすれば大きくなるの？」

「それは——性的な昂奮を覚えたときとか」

「そういう教科書的なやつじゃなくて、具体的に教えて」

どうやら本気で男を一から学ぶ心づもりらしい。下手な誤魔化しは通用しなさそうだ。

「だから、セクシーな写真や動画を見たり、もちろん実物もそうだけど、あとはあちこちさわられたりとか」

そこまで言って口をつぐんだのは、後藤たちが和々葉のボディタッチを責めたことを思い出したからだ。軽率だったと、唇を嚙み締める。

「ふうん……」

和々葉は相槌を打つと、ちょっと複雑な表情を見せた。やはりボディタッチはよくなかったのかと、悔やんでいるかに見える。

「もちろん、普段のやりとりで軽く触れるぐらいなら昂奮しないよ。それじゃあ、健全な社会生活が営めなくなるからね」

彼女に罪がないことを伝えようとしたのであるが、ちゃんと理解してもらえたかどうか定かではない。

なぜなら、すっとのばされた手が、太腿を撫でたからである。

「あうっ」

思わず声を上げ、身を震わせる。ほんの軽いタッチだったのに、妙に感じてしまったのだ。

「こういうのでも、ヘンな気持ちになっちゃう？」

和々葉が手を動かす。毛の薄い大腿部を、愛おしむようにすりすりした。

それは日常的なボディタッチとは一線を画すものであった。こんなふうに腿を撫でるのは、キャバ嬢か風俗嬢ぐらいではないのか。

そして、祐作が何も答えられなかったのは、ひどく混乱していたからである。

（和々葉ちゃんが、ここまでするなんて）

ただ観察するだけで、からだに触れることはないと思っていたのに。

海綿体に血液が流れ込む。ここまでおとなしくしていた反動なのか、牡のシンボルがたちまちふくらんだ。

「え？」

和々葉が目を丸くする。男性器の変化を目の当たりにし、驚愕をあらわにした。

（ああ、まずいよ）

分身の脈打ちを感じながら、祐作は罪悪感に苛まれた。

彼女とて、ここまでしつこく男に触れたことはあるまい。けれど、ボディタッチで勃起すると証明してしまったのである。やはり自分のせいだったのだと、責任を感じる恐れがあった。

だが、いくら悔やんだところで、充血は止まらない。ペニスは最大限に膨張し、赤く腫らした亀頭を剝き出しにした。

肉胴に血管を浮かせ、ビクンビクンと別の生き物みたいに脈打つ姿は、凶悪以外の何ものでもなかったろう。バージンには恐怖の対象としか映らないのではないか。

ところが、和々葉は猛る器官から目を離さなかった。まばたきを忘れたようにじっと見つめ、コクッと唾を吞む。

「すごい……こんなになっちゃうのね」

つぶやいて、ふうと息をつく。少なくとも嫌悪を覚えてはいないようだ。

「あの、誰にさわられても、こうなるわけじゃないから」

祐作の弁明に、彼女がこちらを見る。目が合うと、ちょっと焦ったように顔を背けた。

「え、どういうこと？」

「菅谷さんみたいに可愛い子からさわられたら、やっぱりドキドキして妙な気分になっちゃうし、それから──」

迷ったものの、思い切って告白する。

「僕は菅谷さ──和々葉ちゃんが好きだから、腿をさわられただけでも気持ちよくって、感じちゃうんだ」

特別な感情があるからこそ、性器が変化したと説明する。ボディタッチが悪いわけじゃないとわかってもらうために。

何よりも、彼女に本心を伝える必要があった。勃起するところまで見られたのである。もはや隠すことなどない。

「ん……」

和々葉の反応は薄かった。いきり立つ牡器官を見つめ、小さくうなずいたのみ。

（え、それだけ？）

祐作は落胆した。

もっとも、いきなりの告白で、直ちに色好い返事がもらえるわけがない。ふたりの関係は同じゼミの友人で、それ以上でも以下でもなかったのだから。

むしろ、拒まれなかっただけマシとも言える。

（まあ、嫌いな相手だったら、ペニスを見たがったりしないよな）

多少は希望があるかもと、考え直すことにした。

「……これって、どうしたら元に戻るの？」

反り返って下腹にへばりつく肉根から目を離さず、和々葉が質問する。

「ああ、ええと」

返答に窮したのは、射精やオルガスムスをどう説明したらいいのか、言葉が浮かばなかったからである。

すると、

「精液が出たら、小さくなるんだよね」

処女の女子大生が具体的な答えを口にした。男性経験がなくても、そのぐらいの知識はあるのだ。

「う、うん」

うなずくと、和々葉がこちらを見る。今度は目が合っても逸らさなかった。

「わたしが脚を撫でたら気持ちいいって、谷川君言ったよね？」

「うん」

「じゃあ、ペニスをさわっても気持ちいいの？」

その答えを待つことなく、ちんまりした手が剛棒(ごうぼう)に向かった。

（え？）

期待と驚きが同時に湧きあがる。思わず頭をもたげたとき、柔らかな指が筋張った器官に巻きついた。

「ああっ」

たまらず声を上げ、ベッドの上で尻をはずませる。危(あや)うく涙をこぼすほどに感じてしまったのだ。

（和々葉ちゃんが僕のを——）

こんな場面を夢見ていたはずなのに、いざそのときを迎えたら、戸惑いと罪悪感が大きくなる。それはきっと、脈打つ分身が汗でベタついていたからだ。握られた感触からそうとわかった。

しかしながら、彼女のほうは少しも気にならないらしい。

「こんなに硬くなるのね」

牡の漲り具合を実感し、握り手に強弱を加える。快感がふくれあがり、祐作は無性にジタバタしたくなった。

（これは夢じゃないだろうか）

ペンションでの棚ぼた的な性愛経験を経たあとでも、今のこれは自分の中で処理できない。それだけ衝撃的で、感激も半端ではなかったのだ。

「わ、和々葉ちゃん」

ハッハッと犬みたいに息をはずませ、名前を呼ぶ。すると、彼女が唇を結んだまま、口角を持ちあげた。

「祐作君にはお世話になったから、お礼をしなくちゃね」

悪戯っぽい笑みに続き、握り手が上下する。どうすれば男を射精に導けるのかも、いちおう知っているらしい。

(ああ、そんな)

嬉しいはずなのに、素直に喜べない。こんなことをさせちゃいけないという、自戒の念も強くなる。

何しろ、穢れなき処女に淫らなことをさせているのだ。罪悪感もかつてなく大きかった。

そのくせ、分身は歓喜に小躍りし、欲望の露を滾々と湧き出させるのである。

「あ、本当におツユが出るんだね」

指を濡らすカウパー腺液に、和々葉が目を細める。自分がそうだったように、彼女も未経験なりに性の情報を集めていたと見える。でなければ、ここまで大胆なことはできまい。

(てことは、オナニーもしてるんだろうか)

それこそ自分が寝ている、このベッドの上で。

快感ポイントを指でいじり、身をくねらせてよがる和々葉を想像するなり、全身がカッと熱くなる。罪悪感が劣情に取って代わり、与えられる悦びも際限なく高まるよう。

正直、彼女の手淫奉仕は稚拙だった。余り気味の包皮をうまく扱えず、それが時おり段差に引っかかって痛みを生じた。

にもかかわらず、かつてなく気持ちいいと思えたのは、好きな女の子にしごかれているためだ。おかげで、長く持たせるのも困難だった。

「和々葉ちゃん、ほんとに出ちゃうよ」

差し迫ったことを伝えると、横目でこちらをチラッと見る。

「いいよ。出して」

屹立を握り直し、ラストスパートに向けてリズミカルに摩擦した。

「で、でも、いいの？」

ためらいを拭い去れずに訊ねると、生真面目な顔つきで「うん」とうなずく。

「わたしが見たいんだから、早く出して」

さっきはお礼だと言ったのに、自分が好きでしていると主張する。祐作に気を遣わせないためなのだ。

（ああ、なんて優しいんだろう）

だからこそ好きになったのだ。たくさんいる異性の中から、彼女を見そめたのは正しかったと確信する。

「い、いくよ」

震える声で告げ、悦楽の奔流に身を投じる。神経が甘く蕩け、意志とは関係なくからだのあちこちが痙攣した。

次の瞬間、熱い固まりが尿道を通過する。全身がバラバラになりそうな快感を伴って。

びゅるんッ――。

最初の飛沫が宙に舞う。身を屈めていた和々葉の顔に、危うくかかりそうであった。

「キャッ」

驚いて悲鳴を上げた彼女が、握ったものから手を離した。

「あ、駄目。もっと――」

咄嗟に呼びかけるとハッとして、再び勃起を握る。脈打ちに合わせてしごいてくれたおかげで、祐作は長く快さにひたった。

(最高だ)

青くさい精をドクドクと放ち、最後の一滴が溢れたところで脱力する。

「ふはッ、ハッ、あふ」

荒ぶる呼吸を持て余していると、軟らかくなりかけた秘茎が解放された。

「これが射精なのね」

どこか悩ましげなつぶやき。精液の独特の香りにも、人体の神秘を感じているのだろうか。

祐作は手足をのばしてベッドに沈み、快楽の余韻に漂った。

(そう言えば和々葉ちゃん、さっき僕のこと、祐作君って呼ばなかったか?)

と、今さらそんなことに気づきながら。

3

飛び散った精液をティッシュで拭われるあいだ、祐作は動けずにいた。オルガスムスの落差があまりに大きく、全身が気怠かったのである。

それでも、ウェットティッシュでペニスを丁寧に清められ、くすぐったい快さにじっとしていられなくなる。

「ごめん……ありがとう」

半身を起こして礼を述べると、和々葉は首を横に振った。

「ううん。わたしがお願いして、射精するところを見せてもらったんだから」

言われて、素直に納得するのはためらわれたものの、

（何だか元気になったみたいだな）

彼女の変化に気がついて、これでよかったのだと思う。表情が明るくなっていたし、献身的な奉仕も楽しげだったのだ。

「これも脱いで」

「え、どうして？」

着ていたポロシャツの裾を摘まれる。

「精液がかかっちゃったし、お洗濯したほうがいいでしょ」

たしかに、勢いよくほとばしった樹液が染み込んだ跡が、何箇所かあったのだ。

「いや、でも」

躊躇（ちゅうちょ）したのは、それも脱いだら素っ裸になるからだ。

「ほら、早く。乾燥機もあるから、すぐに乾くわ」

そこまで言われたら、従うより他ない。気持ちよく射精させてくれた、大好きな女の子の申し出なのだ。

「うん。わかった」

ポロシャツを頭から抜いて、和々葉に預ける。すると、彼女は最初に脱いだハーフパンツやブリーフと一緒に、部屋から持ち出したのである。どうやらまとめて洗濯をするつもりらしい。

つまり、しばらくは素っ裸で過ごさねばならないのだ。

（ええと、何か代わりの服は――）

思ったものの、女の子の独り暮らしで、男物の衣類などあるはずがない。体格差があるから、和々葉のものを着るのも不可能だ。

どうすればいいのかと、股間に両手を挟んで所在なく坐っていると、部屋の外から電子音と水音がした。洗濯機を回し始めたらしい。

いよいよ全裸確定かとため息をついたとき、和々葉が戻ってきた。

「え？」

思わず声を洩らす。彼女は着ていたはずのTシャツとジーンズを脱ぎ、下着姿だったのだ。

上下とも灰色で、トップスの裾と、ボトムスのウエスト部分にブランドロゴが入った、スポーティなデザイン。正直、あまり下着っぽくない。

だから見せても平気なのかと、つい見入ってしまったところ、

「祐作君、見過ぎ」

和々葉に睨まれてしまった。

「あ、ごめん」

焦って視線を逸らすと、彼女が近くに来る。さっきと同じように、祐作の隣に腰掛けた。

それも、からだをぴったりとくっつけて。

ふわ——。

フルーツ牛乳のような、甘酸っぱいかぐわしさが鼻腔(びこう)に忍び入る。あらわになった肌の匂いなのだ。

「ど、どうして脱いだの?」

うろたえ気味に訊ねると、

「だって暑いし、汗もかいたから、ついでに洗濯しようと思って」

和々葉が答える。祐作と同じように両手を太腿で挟み、ちょっとモジモジしながら。

汗をかいたのは事実だろうが、エアコンが効いている今は暑くない。こじつけた理由だという気がした。

事実、彼女には別の意図があったのだ。

「ねえ、もうひとつお願いしてもいい？」

横目でこちらを窺うようにして訊ねる。

「ああ、うん。何？」

「さっき、射精するところを見せてもらって、男の子のからだの仕組みは理解できたんだけど、あれだけだと足りない気がするの」

「そう？」

「うん。やっぱり、ちゃんと体験しないと、男と女がお互いを理解するのは無理だと思うわ」

やけに生々しい言い方に、喉の渇きを覚える。何が言いたいのかも、すでにわかっていたが、

「た、体験って？」

念のため確かめる。

「だから、セックス」

エッチなんて今どきの軽い表現ではなく、和々葉がよりストレートな単語を口にしたのは、覚悟が決まっていると暗に訴えるためなのか。

「祐作君、わたしとセックスしてくれない？」

それはおそらく、これまでの人生で最も嬉しいお願いであったろう。

「ぼ、僕と？」

「うん」

うなずいた彼女の表情は、真剣そのものだった。

「えと、どうして僕なの？」

質問してから、しまったと後悔する。せっかく誘ってくれたのに、水を差すようなものではないか。

すると、和々葉が恥じらうように目を伏せた。

「だって……こんなこと、祐作君にしか頼めないもの」

要領を得ない答えである。わたしもあなたが好きだからと言われるのを、密かに期待していた祐作はがっかりした。

（いや、待てよ）

もしやと考え直す。これはさっきの告白の答えではないのかと。好きだと口にするのが照れくさくて、行動で示そうとしているのかもしれない。

だったら拒む理由はないのに、すぐに踏み出せなかったのは、生来のへたれゆえなのか。

いや、こんなふうに流されるかたちでロストバージンをするなんて。和々葉にとってよくないと思ったのだ。彼女を大切に思っていたからこそ、安易に処女を奪いたくなかった。

「僕も和々葉ちゃんとしたい」

率直な思いを告げると、濡れた目がこちらを見あげる。迷いはなさそうだ。

「だけど、セックスをするとなると、その前にしなくちゃいけないことがあるよね」

「……なに？」

「アソコがちゃんと濡れてないと、ペニスを挿れられないんだ。だから、僕が和々葉ちゃんを気持ちよくして、しっかり濡らしてあげるよ」

何のことはない。初体験でかりんに言われたことそのままであった。

行為の前にもう一段階あるとわざわざ告げたのは、和々葉に躊躇させるためである。

気持ちよくされるとなれば、からだのあちこちをさわられ、感じる様を見られることになる。未経験の処女には、ペニスを挿入されるよりも恥ずかしいに違いない。

だったら日を改めてと、彼女が諦めるのを祐作は望んだ。結ばれたいのはやまやまでも、急ぎすぎないほうがいい。

和々葉が目を伏せる。迷いが生じたのだ。これならと安心したものの、すぐさま顔を上げた。

「うん……わかった」

うなずいて、灰色のトップスに両手をかける。迷いを吹っ切るみたいにたくし上げ、頭から抜き去った。

(嘘だろ……)

唖然とする祐作であったが、あどけないふくらみから目を離せなかった。

おっぱいがそんなに大きくないことは、脱ぐ前からわかっていた。バストトップも突起が小さく、色は肌に紛れそうなピンク色。まさに穢れなきバージンという眺めだ。

彼女は立ちあがると、パンティも無造作に脱ぎおろした。一糸まとわぬ姿になり、祐作を押し退けてベッドに寝転がる。

「いいよ」

それは好きにしてという合図に他ならなかった。

さながら殉教者のごとく横たわる女子大生。二十歳の瑞々しい肢体のどこも隠さず、気をつけの姿勢で目を閉じている。逆立って存在感を際立たせる秘毛が痛々しく映る。これは殉教者と言うより、いっそ生贄だと思った。

事実、自ら純潔を捧げようとしているのである。

（本当にするつもりなんだ）

処女の決意を目の当たりにして、祐作は敬虔な気持ちになった。ここは願いを叶え、初体験を遂げさせねばならない。

それは彼自身の望みでもあった。

ベッドに上がり、裸身の真上に屈み込む。仰向けだといっそうなだらかな乳房に、そっと手をかぶせた。

「ん……」

和々葉が小さな声を洩らし、若肌をピクンと震わせる。柔肉を遠慮がちに揉むと、半開きの唇から息がこぼれだした。

（感じてるのかな？）

小さくても、それなりに敏感なのだろうか。

不意に祐作は思い出した。かりんや菜々穂とはセックスまでしたのに、おっぱいには触れなかったことを。あちらのほうがずっと大きくて、揉みごたえもあったはずなのに。要は臆して手を出せなかったのである。

だが、初めて愛撫する乳房が好きな子ので、かえってよかったかもしれない。頼りなげな柔らかさも好ましく、左右同時に両手でモミモミした。

「んぅ」

和々葉が呻き、目を閉じたまま眉をひそめる。夢中になって力が入りすぎたのだろうか。

ならば、こうしたらどうかと乳首を摘まむなり、

「あふンッ」

鋭い反応があり、彼女が胸を反らせた。

（あ、こっちのほうが感じるんだな）

しかし、指だとまた痛くする恐れがある。

ミルクみたいに甘い香りをたち昇らせる胸元に、祐作は顔を伏せた。可憐な突起に口をつけ、優しく吸ってあげる。

「あ、あふっ」

感じているのが明らかな喘ぎ声。煽られて、今度は舌で乳頭を転がしてみた。

「イヤ、あっ、あっ、くぅうーン」

上半身が左右に揺れる。両脚も落ち着かなく曲げ伸ばしされた。

（気持ちいいんだね、和々葉ちゃん）

胸の内で語りかけ、反対側の乳首にも吸いつく。唾液で濡れて硬くなったほうは、指で摘まんで転がした。

「ああ、あ、いい……そ、そんなにしないでぇ」

されたいのか、されたくないのか、言葉だけだとわからない。おそらく、感じて乱れるところを見られたくないのだ。

もしかしたら、ひとりでするときにも乳首をいじるのかもしれない。姉の菜々穂もそうしていたから。

（でも、おっぱいだけでこんなになるってことは、アソコだともっと――）

いやらしい声をもっと聞きたくて、からだの位置をずらす。鳩尾にキスをし、すっきりとへこんだお腹にも頬ずりした。

そして、いよいよ中心に至る。

両膝に手をかけて左右に開くと、わずかな抵抗があった。秘部を見られるのは、さすがに恥ずかしいようだ。いくらその部分に、男を迎え入れる覚悟ができていても。

それでも、隠したままでは何も進展しないとわかっているのだ。脚の力を緩め、逆らわずに開く。

暴かれた女芯には、縮れ毛が広い範囲で萌えていた。可愛い顔をして下の毛が濃いというのも、やけにそそられる。

(菜々穂さんもこんなふうだったのかな)

あいにくと、人妻の秘苑は目にしていない。目隠し状態で、ちょっとさわらせてもらったのみ。毛の生え具合まではわからなかった。

そのあと跨がれて、騎乗位で挿入したのである。行為の最中も気持ちよすぎて、結合部を確認するゆとりがなかった。

もしも陰毛が濃かったら、菜々穂は自分で処理をしそうである。淑やかな人妻は、たとえ夫と離れていても、見えないところまで身だしなみを整えるのではなかろうか。

一方、和々葉はそこまで気を遣うタイプではない。現に、恥毛は伸び放題という趣だ。陰唇の佇まいもわからないし、これまで一度も処理したことがなさそうだ。

もっとも、自然のままにしているほうが、いかにも彼女らしい。

「うう」

和々葉が羞恥の呻きをこぼす。瞼をしっかり閉じていても、秘め園を見られているとわかるのだろう。やめてと訴えないのは、自身も男性器をじっくり観察した負い目からなのか。

もちろん祐作のほうは、見るだけで終わらせるつもりはない。彼女の膝を立たせると、脚をMの字に開かせた。

和々葉の顔つきが強ばる。いよいよ挿入されると思ったのかもしれない。けれど、その前にすることがあった。

(初めては痛いっていうし、ちゃんと濡らして、挿れやすいようにほぐしてあげなくちゃ)

そのために指ではなく、舌を使うつもりだった。

クンニリングスはかりんに上手だと褒められたし、和々葉も感じさせられるのではないか。できれば絶頂させて、ペニスを受け入れやすくしてあげたい。

祐作は開かれた脚のあいだにうずくまり、処女の秘苑に顔を近づけた。漂うのは、クセのあるチーズ臭。かりんのそこよりも、匂いは顕著だった。若いぶん、新陳代謝が活発なのではないか。

当然ながら、不快な印象は微塵もない。大好きな女の子の、有りのままのかぐわしさなのだ。

(これが和々葉ちゃんの……)

胸が震えるほど好ましい。ずっと嗅いでいたい気がした。

「え、何してるの?」

和々葉の戸惑った声。おそらく、挿入されると思ったのに動きがなくて、目を開けたのだろう。

(おっとまずい)

いちいち許可を求めたら、拒まれるかもしれない。ここは勝手に進めるのが得策だと、恥叢(ちそう)の狭間に覗く肉色の花弁(かべん)にくちづけた。

「キャッ、ダメっ!」

逃げようとする腰を両手で摑み、陰部に顔を押しつける。鼻頭で毛をかき分け、湿ったところに舌を差し入れた。

ぴちゃッ──。

　窪地に粘っこい液溜まりがあった。乳頭への愛撫で高まり、すでに濡れていたらしい。

それを舌に絡め取り、敏感なところを狙ってクチュクチュと動かす。

「イヤイヤ、あああ、そこダメぇっ！」

和々葉の悲鳴に怯みそうになったが、一度ストップしたらそこで終わりだ。二度とさせてくれないに違いない。

そう思ったから、祐作は彼女の反応にかまわずねぶり続けた。

「あ——あふっ、ううう、そ、そこ……汚れてるのにぃ」

やはり洗っていないから、口をつけられるのに抵抗があるのだ。

（だいじょうぶ。和々葉ちゃんのここ、とってもいい匂いだから）

本人が聞いたら羞恥に身悶えするであろうことを、心の中で伝える。

そもそも和々葉だって、洗っていないペニスの匂いを嗅ぎ、しごいて射精させたのである。これはおあいこなのだと自己弁護し、秘芯舐めに励んでいると、

「う、うう……あ、あああっ」

洩れ聞こえる声が色めいて、抵抗が薄まってきた。味も匂いも粗方舐め取られ

ていたから、彼女のほうも気にならなくなったと見える。

ならばと、敏感な肉芽を包皮の上からぴちぴちとはじいた。

「くううう、そ、そこ、いいッ」

和々葉がよがり、お気に入りの場所であることを白状した。

（やっぱりオナニーしてるみたいだぞ）

だったら、舐め続ければイクかもしれない。祐作は、陰核包皮を剝き上げるように舌を使った。

より強い刺激はくすぐったさが強いのか、当初は逃げるような動きを示したものの、

「うう、うう、あ——も、もっとぉ」

と、快楽を素直に受け入れるようになる。愛液を溢れさせる陰部は熱を帯び、汗の甘酸っぱさが強くなった。

（もうすぐイクんじゃないか？）

上目づかいで確認すれば、下腹が休みなく波打っている。祐作の頭を挟んだ内腿も、細かい痙攣を示した。

あと少しだと、舌を休みなく律動させていると、

「あ、あ、あ、あ、きゃふんッ」

仔犬みたいな声を発し、和々葉が腰を大きくはずませる。あとは手足を投げ出して、胸を大きく上下させるのみになった。

(え、イッたのか？)

あっ気ない幕切れに拍子抜けする。もっとも、アダルトビデオみたいに派手な絶頂ではなかったぶん、むしろリアルであった。

身を起こして見れば、彼女はぐったりして瞼を閉じ、「ハァ、ハァ……」と深い呼吸を繰り返す。赤くなった頬と、汗で濡れたひたいに張りついた髪が、やけに色っぽい。

いつの間にか、祐作は復活していた。下腹に反り返るイチモツから遠くないところに、侵略すべき処女地がある。

(今ならからだの力も抜けているし、うまくできるんじゃないか)

そう判断し、結ばれる体勢になる。かりんに教わったとおり、正座して腿を開いた恰好で、脱力した若腰を挟み込んだ。

肉の槍を前に傾け、濡れた陰毛の狭間を穂先で探る。腫れぼったくふくらんだ花弁はほころんでおり、粘膜同士が触れると熱が伝わってきた。

処女と交わるのは初めてでも、不思議と緊張感はなかった。かりんに菜々穂と、ふたりの年上女性から性の手ほどきを受け、男としての自信がついたようだ。

とにかく、これで準備は整った。あとは進行するのみだが、さすがに断りもなく挿入するのは気が引ける。

「和々葉ちゃん」

声をかけると、閉じていた瞼がゆっくり持ちあがった。

「……祐作君？」

どこか舌足らずな返答。何があったのか、そして、これから何が行われるのかを理解していないみたいだ。

「僕が和々葉ちゃんの初めてをもらってもいい？」

確認の問いかけで、彼女はすべて思い出したようだ。中心に触れる温かなものにも気づいたらしく、入り口がキュッとすぼまる。

「うん……祐作君にあげる」

「ありがとう」

感謝の気持ちを胸に、祐作は腰を前に送った。切っ先がめり込み、狭まりを徐々に開いてゆく。

「つ——」

目を閉じた和々葉が顔をしかめたのは、関門にぶつかったときである。そこが処女の砦らしい。

だが、抵抗したら目的が遂げられないとわかっていたのだ。

怖々と持ちあげられた両脚が、祐作の腰に絡みつく。それは決して逃げないという意志表示だ。

(ごめんね)

健気な思いに胸打たれ、真っ直ぐに進む。とば口が圧し広げられ、ピリッと何かが切れた感触があった。

「あぁっ！」

悲痛な声が部屋に反響する。

ペニスはくびれまで、熱さの中に埋まっていた。キツく締めつける入り口が、ジンジンと痺れを訴える。

(もうちょっと)

心を鬼にして、祐作はシンボルを根元まで押し込んだ。

「つぅぅ」

愛らしい顔が苦痛に歪む。目尻にあった涙の雫が、頰を伝った。

「入ったよ、全部」

和々葉に裸身を重ね、祐作は感慨にひたって告げた。

(とうとう和々葉ちゃんと——)

好きな子とひとつになれたのだ。これ以上に嬉しいことがあるだろうか。

「うん……わかる」

うなずいてから、彼女が目を開ける。堪(こら)えきれなくなったみたいに、涙をボロボロとこぼした。

「痛い?」

「ちょっとだけ……ペニスが入ったときにズキッとしたけど、今はオマンコの入り口が熱い感じ」

禁断の四文字を口にしても、和々葉の場合は少しもいやらしくない。素直で明るい女の子が、思うままを述べただけだと思えた。

ただ、切れた感じがしたから、多少は出血したのではないか。熱いのも、傷口のせいかもしれない。

「だけど、どうして泣いてるの？」

「わかんない」

首を横に振ってから、彼女が恥じらいの笑みを浮かべる。

「でもね、たぶん、うれしいんだと思う。祐作君が初めてのひとになってくれて」

そんなことを言われて、感激しない男がいるものか。

「和々葉ちゃん」

熱情の赴くまま、祐作は大好きな女の子にキスをした。

和々葉のほうも首っ玉にしがみついて、懸命に応えてくれる。舌を入れると、自分のものを絡めてくれた。

甘い吐息と唾液をたっぷりともらい、体内から彼女の色に染められるよう。昂りも著しく、気がつけば後戻りができなくなっていた。

「わ、和々葉ちゃん、僕もう」

くちづけをほどいて限界を伝えると、天使の笑顔が答えてくれる。

「いいよ。中でイッて」

それを耳にするなり、歓喜の震えが全身に行き渡った。

「わ、和々葉ちゃん、いく――」

蕩ける悦びにまみれて、祐作は熱い精を長々と放った。

汗ばんだからだで抱き合い、ふたりはセックスの余韻にひたった。

（ああ、なんて幸せなんだ）

腕の中には愛しい女の子。仔猫が甘えるように、胸におでこをこすりつけている。

深く結ばれ、純潔を捧げられたのだ。順番は逆になったが、ファーストキスももらった。和々葉はこれまで、誰とも付き合ってこなかったという。

当然ながら、ふたりは恋人同士になれると確信したのである。

「和々葉ちゃん、大好きだよ」

改めて告白するなり、彼女が身を堅くする。気まずげに、上目づかいで見つめてきた。

「ごめんなさい」

謝られて、祐作は軽いパニックに陥った。

（え、どういうこと？）

つまり、交際を断られたのか。

「じゃ、じゃあ、和々葉ちゃんは僕のこと——」

絶望の淵に叩き込まれるのを感じて、それ以上の言葉が出てこない。いや、真実を知りたくなかったのだ。

ところが、それは早合点(はやがてん)であった。

「あのね、そういうのって、わたし、よくわからないの」

「え、わからない？」

「だから、男女の好きとか嫌いとか、要は恋愛が」

やるせなさげにため息をついた和々葉に、祐作は困惑した。

「たぶん、そのせいであのふたりに妙な期待をさせちゃったり、誤解を生んだりしたんだと思うの。わたしにとっては、みんな仲のいい友達で、特別な感情は持ってなかったから」

明るく元気で、誰とでも仲良くできる女の子。それは恋を知らない幼さゆえに可能だったというのか。

「それじゃ、僕のことも？」

「祐作君も好きよ。でも、それが男女間での好きなのか、自分でもよくわからないんだ」

これでは望みがあるのかないのか、よくわからない。いっそナマ殺しに近いのではないか。

（そんなんじゃ、付き合うなんて無理じゃないか）

落胆する祐作であったが、ひとつの光明が差す。

「でもね、今みたいなエッチなことは、祐作君としかしたくないわ。これは本当」

真面目な顔で告げられて、胸が大いにはずむ。

（それなら望みがありそうだぞ）

肉体関係を許せる、唯一の男になれたのだ。それが恋愛感情だと彼女が気がつくのも、遠い日ではあるまい。

浮かれ気分で頬を緩めると、和々葉が忠告する。

「だけど、また洗ってないオマンコを舐めたら、嫌いになっちゃうかもよ」

祐作はひどく恐縮した。

エピローグ

　夫の賢治が久しぶりにペンションに来て、菜々穂は上機嫌であった。

「浮かれて料理の味つけを失敗しないでくださいよ」

　と、かりんに注意されるほどに。

　仕事がすべて終わったあと、ふたりは浴室に向かった。ドアのプレートを【使用中】にして、夫婦水入らずの時間を過ごす。

「なんか、綺麗になったな」

　からだを洗う妻を浴槽から眺めて、賢治がしみじみと言う。

「お世辞なんか言っても、何も出ないわよ」

「いや、本当にそう思うよ」

　菜々穂が浴槽に入ると、彼は後ろから抱きしめてくれた。

「え、もう元気になってるの？」

　ヒップに押しつけられる硬いものに、すぐ気がつく。

「そりゃ、こんな素敵な奥さんと風呂に入ったら、こうなるのは当たり前だよ」

「もう……そんなに昂奮してたら、のぼせちゃうわよ」

賢治を浴槽の縁に腰掛けさせ、菜々穂は反り返るモノを握った。

「こんなに硬くしちゃって」

ゆるゆるとしごいてから、がっちり根を張った肉根にキスを浴びせる。唇を開き、真上から少しずつ呑み込んだ。

「うう、な、菜々穂」

呻き混じりの声に、子宮が疼く感じがした。

（今夜なら、たぶん――）

交わったら、百パーセント受精する気がする。

このままお口でほとばしりを受け止めたかったが、菜々穂は我慢した。貴重な精子を無駄にはできない。可能な限り、たっぷりと注いでもらうのだから。

全体に唾液をまといつかせてから解放し、肉色を際立たせた器官をうっとりと眺める。こんな逞しいペニス、蜜穴に挿れられたら、たちまち昇りつめるのではあるまいか。

「おれ、なるべく早くこっちへ来るようにするよ」

賢治が言う。いきなりでびっくりしたが、菜々穂は嬉しかった。

「本当に？」

「うん。こんな綺麗な妻をひとりにしておいたら、悪い虫がつくかもしれないしさ」

内心ギョッとしたのは、祐作との浮気を悟られたのかと思ったからだ。もちろん、そんなことはあり得ない。

「悪い虫が来たら、すぐに追い払うわよ」

「うん。そうしてくれ」

彼の手が腋に差し入れられる。湯船から抱えあげられ、ふたりは熱いくちづけを交わした。

お湯で火照ったからだは、キスだけでおさまりそうにない。互いの性器を愛撫し合うことで、いっそうたまらなくなる。

「ね、ここでしちゃう？」

浴槽に腰掛けた夫に背中を向け、菜々穂は豊かなヒップを差し出した。

「うーん、すごくエッチだ」

彼も昂奮しているようで、すぐさま肉棒の切っ先で濡れ園を探る。そこからクチュクチュと淫らな音がこぼれた。

「いやぁ、あ、あっ」

敏感なところを刺激され、膝がわななく。お湯が右に左に波打った。

「あ、あ、入っちゃう」

堪えきれずに坐り込むなり、侵入した強ばりが子宮口を突く。強烈な快美感が、頭のてっぺんまで貫いた。

「くぅうーン」

浴室に熟女の艶声がこだました。

※この作品は双葉文庫のために
書き下ろされたもので、完全
なフィクションです。

双葉社の官能文庫が
音声でも楽しめます。
〔全て聴くには会員
登録が必要です。〕
←

双葉文庫

た-26-56

極上ペンション人妻つき

2024年7月13日　第1刷発行

【著者】

橘 真児

【発行者】

箕浦克史

【発行所】

株式会社双葉社

〒162-8540 東京都新宿区東五軒町3番28号
［電話］03-5261-4818(営業部)　03-5261-4831(編集部)
www.futabasha.co.jp(双葉社の書籍・コミックが買えます)

【印刷所】

中央精版印刷株式会社

【製本所】

中央精版印刷株式会社

【フォーマット・デザイン】

日下潤一

ISBN978-4-575-52771-1 C0193
Printed in Japan

霧原一輝　**淫らなクルーズ**

10発6日の　乱倫長編エロス

憧れの美人課長に誘われたのは、ハプバー常連のクルーズ旅で、うぶな鉄平は二穴攻めの3Pなど、濃ゆいセックスにまみれるのであった。

霧原一輝　**同窓会の天使**

長年の想い成就　長編エロス

ずっとこの胸を揉みたかった！　昔フラれた彰子と同窓会の流れで見事ベッドイン。今は未亡人の彰子と付き合うがモテ期が訪れて……。

霧原一輝　**海蛍と濡れた　アソコの光る町**

発情サインが　見えちゃう　長編エロス

春樹はある日海蛍が光る海で転倒。するとなぜか発情中の女性の下腹部が光って見える特殊能力が備わった。オクテな春樹も勇気ビンビン！

霧原一輝　**桜の下で　開く女たち**

棒艶ズーム　長編エロス

カメラマンの井上は撮影で桜前線を追いかけているが、各地で美女たちと巡り合い、ズームレンズだけでなく、股間も伸ばしてしまう。

草凪優　**人妻になりたい！**

おじさんが急に　モテまくる長編エロス

結婚して子供が生まれれば一千万円支給という法律が施行され、急にオジサンたちもモテ始めた。高嶺の花の美女たちと次々ベッドイン！

草凪優　**熟れオトメ**

中身はウブなの　官能連作短編集

青年が秘かに憧れていた立ち食い蕎麦店のおばさんを脱がすと、純白のランジェリー姿が！　外見は完熟でも中身はウブな女性たちの5篇。

草凪優　**海の家の婚活合宿に　イッてみました**

書き下ろし長編　モテモテエロス

参加美女全員とヤる！　35歳の童貞マンは整形もして準備万端、金持ちのフリをして真夏の海辺でタイプの違う女を次々口説き落とす！